Olaf Olsen: Höllen-Fahrten-Leben-Träume

AF216535

Nachruf Olsen

Er war ... Er starb ...

Wenige Texte hinterließ er, die so sehr denen eines Rainars ähnelten, dass dieser ihn, gerührt, weinend und lachend vor Glück, einen Bruder gefunden zu haben, in seinem Einmannverlag sogleich veröffentlichte.

Olaf Olsen, geboren 1974 in Kaiserslautern, gestorben 2006 in Klingenmünster. Erste Texte von ihm erschienen 1994 in der Anthologie *Märchens Geschichte*. Dies hier ist sein zweites eigenständiges Buch. Er hat es erschaffen. Es ist geschrieben. Es existiert für kurze Zeit in der Menschenwelt, also für alle Ewigkeit. 2005 erschien auch sein erstes Werk mit dem Titel *Die Meere des Wahnsinns*, dem die dritte Sammlung mit Kurzprosa *ES bricht hervor aus dir* 2006 folgte.

Olaf Olsen

HÖLLEN-FAHRTEN-

LEBEN-TRÄUME

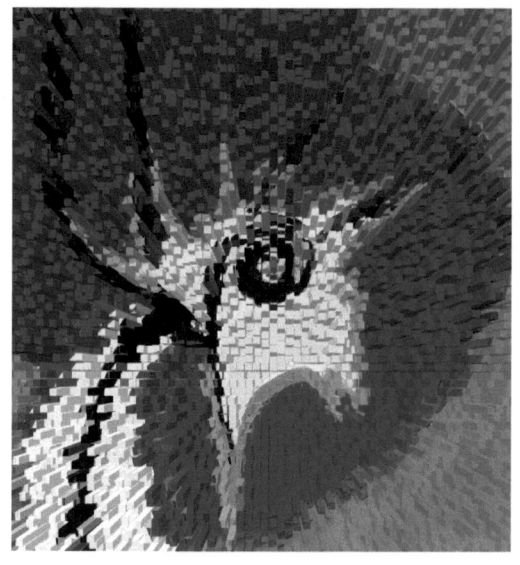

Alltäglicher und wahrer
Horror auf Erden und andernorts

Mit Vorstellungen vom Jenseits
in den Weltreligionen

Die Deutsche Nationalbibliothek verzeichnet diese Publikation in der Deutschen Nationalbibliografie; detaillierte bibliografische Daten sind im Internet über dnb.d-nb.de abrufbar.

Impressum

Olaf Olsen

Höllen-Fahrten-Leben-Träume

Neu gesetzte, korrigierte Auflage als Taschenbuch (1. Auflage handsigniert, nummeriert, mit 51 Abbildungen von Rainar Nitzsche als Paperback: 2005 im Rainar Nitzsche Verlag / als E-Book 2017 bei Bookrix).

Lektorat und Fotokunst (*ich aber bin höhe und länge und breite und zeit* (1976 / 2005) und Variationen): Dr. Rainar Nitzsche

Computersatz: Dr. Rainar Nitzsche

© 2019 Herstellung und Verlag: BoD – Books on Demand, Norderstedt.

ISBN: 9783748188810

Inhalt

All denen
die in tiefste Höllen fielen
hier unten auf Erden und andernorts

Und an dem einen der Höllentore dort unten stand
zu lesen:

»Ich führe dich

zur Stadt ...

zum Leid ...

zum Volke der Verlorenen.«

Dann las Dante die noch immer so bekannten und
bald hier und da zitierten Worte, deren literarische Herkunft aber nur noch wenige Menschen kennen:

»Lasst

die ihr eingeht

alle Hoffnung fahren!«

So geschah es irgendwann in einer *Göttlichen Komö-
die* hier unten auf Erden in diesem einen von unzähligen
Kosmen.

HÖLLENQUALEN

Nicht irgendwo im Feuer brutzeln
sondern immer und immer wieder
und wieder und wieder wiedergeboren werden
mit allen möglichen Gebrechen
versklavt, geprügelt, gefoltert
mit Ehekrieg und Kinderterror
– das alles und vieles mehr
sind die wahren Höllen - in dir.

Mein Name ist Olaf, doch was rede ich da nur für wirres Zeug - das müssen die Wirkungen all dieser Medikamente sein -, du kennst ihn ja schon, denn er steht da vorne und hinten außen drauf und auch vorne innen in diesem Buch, das du nun in deinen Händen hältst.

Doch, wenn da eine Lüge stünde und mein wahrer Name gänzlich anders lautete, was wäre und wer bin ich dann? Bin ich ein Mensch? Oder hat mich ein Mensch nur geschrieben, erfunden, aus seinem Geist erschaffen? Oder aber bin ich doch ein Mensch wie du, der aber im Unterschied zu dir dies alles niederschrieb, weil er es erlebte - genau so, so ungefähr - oder doch ganz anders? Denn du weißt ja, »Dichter lügen«, sprach Friedrich Nietzsche einst. Und das tun bekanntlich nicht nur Dichter, sondern alle Menschen, und nicht nur wir, sondern auch Schimpansen und andere soziale Tiere innerhalb ihrer Gemeinschaft. Nicht nur wir wurden aus dem Paradies geworfen. Wir alle sind ...

Und wenn es so ist, wenn ich denn ein Mensch bin, der in deiner Welt, liebe(r) LeserIn, lebt, dann wunderst du dich vielleicht, wie es mir gelang, meine Texte als Buch in diesem Nitzsche Verlag unterzubringen, wo der doch laut eigener Aussage und jahrelanger Selbstausbeutung für andere jetzt nur noch seine eigenen Bücher veröffentlicht. »Wie hast du denn das geschafft?«, könntest du mich fragen, wüsstest du, wo ich bin.

Doch ich verrate es dir auch so. Ja, den Verleger, diesen Herrn Nitzsche mit dem seltsamen Vornamen »Rainar« (mit zwei »a«, wo sonst »e« stehen, wie er immer so schön sagt), den kenne ich ein wenig. Ohne Vitamin B geht heutzutage ja hierzulande und andernorts - zu allen Zeiten, in allen Welten? - gar nichts mehr, da bleiben oft nur Resignation (Manuskripte stapelweise im PC und die Ausdrucke auf dem Schreibtisch). Zuschussverlag, Eigenverlag oder als letzter Ausweg Strick, Sprung, der Goldene Schuss in den Kopf oder die Medikamentenüberdosis - ein leichterer Weg für Kranke, für die, die sind wie ich. Deshalb also gibt es dieses Buch, das erst wenige Menschen kennen - und so wird es wohl auch bleiben - für alle Zeit - in Ewigkeit?

Ja, ich erinnere mich jetzt. Und die Bilder und Klänge und auch die Gerüche werden immer deutlicher. So fing alles an. Wir schrieben das Jahr 2005 christlicher Zeitrechnung. Jetzt und hier gebe ich dir meine Bilder von den Höllen, die ich sah. Lies und höre und schau die Schreie der gequälten Kreatur - und verzweifle nicht so sehr, wie ich es tat und tue und immer tun werde!

Unterwegs zu Land, zu Wasser und in den Lüften

Hinab *mit dem Fahrstuhl, dem Aufzug, der dann also ein Abzug ist. So geht's aber auch mit der Klospülung: So gelangst du ins Unterwasserreich. Hinab mit dem Paternoster, so geht's auch. Doch beten zu GOTT, dem Herrn, nützt dir da gar nichts. Hinab auf der Rolltreppe, mit dem A-Grav-Lift gar, den du aber gar nicht brauchst, denn die Gravitation zieht dich ohnehin nach unten.*

Horizontal *(und ein wenig bergauf, bergab) könntest du hoch zu Ross reiten, auf Rädern oben auf dem Kutscherbock sitzen oder im Innern der Pferdekutsche reisen, doch auch auf dem Ochsenkarren, auf dem Rücken des Dromedars oder eines der alten / neuen Dinosaurier. Dann gibt es da ja schon seit über 100 Jahren das Automobil, das es für die meisten Besitzer noch immer nicht ist. Denn es bewegt sich nicht selbst, sondern benötigt noch immer einen Menschen zu seiner Bedienung. Vielleicht gehst du ja auch einfach zu Fuß, auf zwei Beinen, auf allen Vieren, Sechsen, Achten, Zehnen oder auf 375 Paaren, je nachdem, in welchem Körper du stecken magst: Mensch, Vogel, Säuger, Insekt, Spinne, Krebs oder Tausendfüßler. Barfuß magst du sein oder mit Strümpfen und Schuhen gekleidet, spätestens dann, wenn dir Sprit oder Gas ausgegangen sind. Auf Rollschuhen, Inline Scaters, Scateboards könntest du geteerte Straßen entlangsausen, sofern da nicht zu viele Schlaglöcher sind und der Teer noch nicht geschmolzen ist. Dies aber wird geschehen, wenn sich die Straße neigt und dein Lauf immer schneller wird und die Erde sich auftut und dich verschluckt, so dass dich niemand mehr schreien hört. Oder auf dem Sitz deines Motorrades, sei es ein Roller oder eine wirklich große Maschine, die du niemals wieder alleine aufrichten kannst, sollte sie einmal zur Seite gekippt sein, könnte deine Reise beginnen.*

Ach, welch wahrhaft höllenhafte Abenteuer du doch auf deinem Weg von der Erdoberfläche nach unten in die tiefsten Tiefen der Erde erleben könntest, auch durchs Wasser hindurch, beginnend im Brunnen, Teich, See oder Meer - oder in der Badewanne, mit der Klospülung gar.

Aus höchsten Lüften *im Ballon, im Zeppelin oder Flugzeug oder an Fallschirm / Paraglider hängend kommst du selbstverständlich auch hinab, und hinein geht's in diese / deine Unterwelten!*

Allein
die zu den gelben Quellen reisen
gehen in tiefe Dunkelheit
und kehren nicht zurück

Han Shan

OBEN*

Noch bist du oben.

Einer unter den Reichen, Schicken und Feinen, den Präsidenten, Kanzlern, Königen und Kaisern?

Nein.

*Auch bist du nicht auf dem höchsten Gipfel des Himalaja, schon gar nicht in der ISS im Orbit weit über allen Wolken, nicht in den Lüften, noch nicht einmal im obersten Stockwerk eines Wolkenkratzers - und wäre es nur das Restaurant oben im Rathausturm, um den einst Manfred flog, als er sich in einen Magier verwandelte.***

Noch bist du einfach nur oben, nämlich auf der Oberfläche dieser, deiner Mutter Erde.

Doch nicht nur in den Träumen der Nacht, am Morgen, wenn du dir den Schlaf aus den Augen reibst, sondern zunehmend auch bei Tag tun sich Höllen in dir auf.

---

*:Anmerkung des Herausgebers: Die Rahmenhandlung von einem, der in einem Aufzug hinab ins Erdinnere rast und sich dabei an mancherlei Dinge aus seinem Leben erinnert, vielleicht aber auch nur erträumt, ist auf besonderen Wunsch des Autors in sieben Abschnitte aufgeteilt und nach folgendem Schlüssel über das gesamte Buch verteilt (Oben vor die erste Geschichte mit A, Abzug (1) vor F, Abzug (2) vor K, Abzug (3) vor P, Abzug (4) vor U und Abzug (5) vor Z, Abzug (6) bildet den Schluss. Wohl sollten hier zwischen jedem Rahmenteil jeweils fünf Buchstaben des Alphabets liegen. Vielleicht aber bedeutet AFKPUZ ja in irgendeiner Sprache zu irgendeiner Zeit irgendwo irgendetwas - und seine Entschlüsselung entscheidet über des Schicksal einer Welt.

**: Rainar Nitzsche: Der Leuchtende Pfad des Magiers. Eine Rezension dieses Romans von Olaf Olsen steht in seinem ersten Buch Die Meere des Wahnsinns.

Höllen?

Ja, wahre Höllen sind es für Wesen, die einst aus Afrika kamen, in Hitze aufwuchsen und doch heute schon bei 30°C im Schatten aufstöhnen und jammern und nach Ventilatoren, Eis, kühlen Swimmingpools, Bädern, Seen, Flüssen und Meeren verlangen. Höllen sind es für dich, denn du bist solch ein Wesen. Du bist ein Mensch. Denn diese Höllen in dir sind Feuermeere, sind Lavaglut.

Dann aber findest du dich in eisigen Meerestiefen wieder. Tiefseekälte dringt in dich ein. Von dort folgst du dem Ruf und rast hinauf ins Sternenmeer, in den »leeren« Raum, die Weltraumkälte. Kahle Wüsten findest du auf der Mondin, dem Mars und auf so vielen anderen Welten.

Heiße und eisige Wüsten sind sie alle, dort unten, dort oben, Wüsten sind sie alle für dich, der du nur ein Mensch bist und nicht mehr.

Wüsten umgeben mich, halten mich gefangen, denkst du einen Augenblick, denkst du immer wieder. Ringsum, unten und oben. In mir träumen sie, warten auf mich, warten darauf, mich einzusaugen. Von überall dringen sie in mich ein und schleudern mich ins Gestern zurück oder voraus ins Morgen. Wahnsinn, Gier und Besessenheit lauern überall.

Und während du all dies denkst und keine Wendeltreppe gehst, auch nicht die Treppe hoch zu deiner Wohnung im ersten Stock, während du dich nicht im Auto, in der Eisenbahn befindest, in keinem Bergwerk, keiner Höhle, weder in einem Flugzeug in vielfacher Kilometerhöhe noch in einem Schiff auf hoher See oder gar in einem Atom-U-Boot oder Weltraumschiff, während du all dies denkst, stehst du nur in einem Aufzug einer Stadtbibliothek. Die aber liegt in der Innenstadt von Kaisers-

lautern, einer Stadt in der Pfalz, einem Teil von Rhein-
land-Pfalz, einem Bundesland von Deutschland, einem
Land innerhalb der EU, in Europa, das nur ein Teil von
Eurasien ist, einem Kontinent auf der Erde, der nicht immer ein Kontinent war, auf dem dritten Planeten eines
kleinen Sonnensystems am Rande einer Galaxie, die wir
Menschen Milchstraße nennen.*

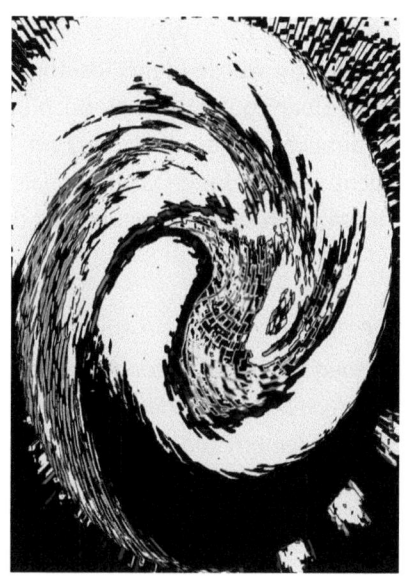

*: Fortsetzung s. Kapitel *Abzug* (1)

Ich saß gerade im Zug, ...

»Olaf Olsen, melden Sie sich bitte bei ... (*unverständlich*). Es liegt eine Mitteilung für Sie vor!«, meinte der Lautsprecher oder irgendwer dahinter, entfernt, also am Mikrofon, an diesem Morgen auf dem Bahnhof in Kaiserslautern.

Was also sollte ich tun? Was hättest du an meiner Stelle getan? Der Zug würde gleich losfahren.

Nach kurzem Überlegen stand ich doch auf, stieg aus und fand erstaunlicherweise nach kurzem Suchen und Fragen den nicht verstandenen Ort in der Schalterhalle.

Dort lag tatsächlich eine Mitteilung für mich vor, die da lautete:

Lieber Olaf,
du hast soeben deinen Zug zur Arbeit verpasst.
Dies und andere Dinge werden sich wiederholen.
Sag schon mal deinem Job ade.
Den brauchst du nämlich bald nicht mehr.
Kalte Grüße aus der Hölle!

Und dann war da irgendwo so etwas wie Gelächter: ein Grölen und Gekicher, überall ringsum.

Also drehte ich mich einmal um die eigene Achse im Kreis herum.

Doch auch irgendwo da tief in mir drehte sich alles.

Und ich sagte, so blass wie ich jetzt war, nur das eine deutsche Wort, das in früheren Zeiten niemals gedruckt wurde, das man einfach nicht in den Mund nahm -»Fäkalsprache« hieß das damals hier bei uns -, und das auch andernorts, jenseits des großen Teiches, im TV ausgepiepst wurde und das da lautet: »Scheiße!«

Das ist nur ein kurzer Name für die persischen Worte *Angru Mainyu*, die da bedeuten *Böser Geist.*

Du bist der Antischöpfer, das Böse und der Erzeuger der 9999 Krankheiten.

Dein Zuhause ist die Unterwelt voll Finsternis, die immer schon war.

Rauch und Schwärze, Unheil und Tod bringst du aus ihr in die Welt der Menschen mit.

Dein Symbol ist die Schlange. Tiere werden dir geopfert. Löwenköpfig und von einer Schlange umhüllt ist dein Bild in der Menschenwelt.

Ewig sollst du den Heiligen Geist leugnen und die Kräfte des Lichts und der Wahrheit bekämpfen.

So steht es geschrieben, so sei es, so ist es!

Wenn das alles nur ein Traum ist, wünsche ich mir nur das eine und das ist: jetzt zu erwachen. Das denkst du und - schreist, weil es einfach nicht geschieht, dein Wunsch nicht in Erfüllung geht, weil du in diesem Alb gefangen bleibst. »O mein Gott, hier komm ich niemals wieder raus«, weinst du.

Dann aber, wie lange mag es wohl gedauert haben, bist du doch geschockt, denn es wird nicht nur irgendwann geschehen oder geschieht endlich, nein, es ist schon längst geschehen: Du hast es geschafft, du bist draußen, bist dem Alb entflohen.

Doch was ist das, das du da jetzt rings um dich herum wahrnimmst?

»O mein Gott! Da war mein Traum ja das reinste Paradies!«, brüllt deine Seele auf, schreien Hirn und Kehlkopf, Zunge und Mund synchron in einem Krächzen aus dir raus.

Denn dies hier ist die Höllenwirklichkeit, die du dir niemals, weder jüngst noch niemals zuvor, erträumtest, erträumen konntest. Denn dazu reicht dein Winzlingsmenschenhirn niemals aus.

Überall humpeln hier Greise auf Krücken dahin und schreien vor Schmerzen, gehen achtzigjährige Paare mit weißem Haar und faltiger Haut sich an den Händen haltend, versuchen Beinlose auf selbstgefertigten Holzkarren vorwärts, nicht etwa hinab oder geradeaus, nein, einen Abhang hinauf zu kommen - und rollen immer wieder zurück. Einbeinige springen so lange, bis sie nicht mehr können und fallen schließlich einfach um. So viele Menschen siehst du gebückt mit krummem Rücken den Berg emporkriechen.

Denn dort oben ist irgendetwas, das alle zu sich ruft.

Offene Brüche, Knochen und Sehnen und Bänder und Schreie und Blut. Beulen an Schädeln, blutende zerquetschte Nasen, blaue Flecke von Schlägen, von Peitschenhieben zerfetzte Haut, Striemen und Narben von Wunden und Operationen aus der Vergangenheit.

Du erinnerst dich daran, wie du im dunklen Raum dort unten im Keller erwachtest, ziemlich verkabelt - voller Schläuche, Sauerstoff in der Nase, piepsende, leuchtende Monitore ringsum. Ach ja, ich wurde ja operiert. Dort und andernorts, wann und wo, wie oft und warum überhaupt? Doch das alles war, geschah, ist längst Vergangenheit.

Jetzt gehst du mitten unter all den anderen, bist nur einer von Vielen in der Masse. Auch du bist, wie alle hier, vollkommen nackt, wie du jetzt erst bemerkst.

Wir alle, die wir eine endlos scheinende, sich in Serpentinen den Berg hinauf schlängelnde Reihe bilden, kommen nur langsam voran. Immer wieder müssen wir schnaufend verharren, die Luft einsaugen, das letzte bisschen an Sauerstoff in diesen nach faulen Eiern stinkenden Schwefelwasserstoffdämpfen atmen, wie auf dem Weg zum Pico del Teide auf Tenerife einst, erinnerst du dich.

Einmal drehst du dich noch um.

Dort unten ist alles rot. Feuer brennen dort. Lavaströme quellen aus der Erde, wo fester Fels ist, dort quellen die Massen aus Erdlöchern heraus.

Andernorts aber ist alles rot vom Blut der Menschen, färbt sich schnell dunkel mit dem Gerinnen. Dort also liegen die Bomben- und Granatenzerfetzten, die Abgeschlachteten. Doch auch sie ..., du weißt es, auch sie sind längst aus ihrem Erdentod in einer anderen Hölle erwacht und streben vielleicht dort der Tiefe entgegen, wer weiß?

Du stellst das Denken ein, sondern trottest einfach weiter, immer weiter und weiter mit all den anderen deinem Ziel dort oben entgegen.

»Raus aus der Unterwelt und hin zum Licht«, flüstert eine Stimme in dir.

Einen Augenblick lang siehst du einen strahlenden Himmel in den höchsten Bergeshöhen, die dort die Wolken überragen. Dann erlischt dieses Bild, die Realität hat dich wieder. Du trottest weiter, Schritt um Schritt, immer weiter. Jetzt musst du auch auf deine Füße schauen. Denn immer wieder liegen dort welche, die es nicht schaffen werden, die einfach umfielen und doch noch leben und sich ein wenig regen. Noch versuchst du, nicht auf sie zu treten. Doch als einer nach dir langt und sich an deinem Bein festklammert, befreist du dich von seiner Hand und polierst ihm mit deiner Rechten die Fresse: einmal, zweimal, dreimal. So ist's gut, so muss es sein! Hier kann nur der Stärkste überleben. Und das ist der, der sich vorwärts drängelt, der die anderen zur Seite schubst und sie niedertritt und zu Brei zerstampft. In dir hallt es aus anderer Zeit: »Und diffamiert, lügt und betrügt, bestiehlt, niederschlägt und meuchelt.«

»Wieso kannst du das so gut?«, flüstert wieder die Stimme in dir. »Frage dich das!«

Du aber hörst nicht weiter hin. Ist dir jetzt alles scheißegal. Du willst Sieger sein, willst nach oben kommen, hin zum Licht - aus der Hölle raus! So gehst du weiter und weiter. So steigst du immer höher auf. So schaffst du es als einer ersten und einer der wenigen, über die Wolken zu gelangen.

Dort siehst du es.

»NEIN!!!«, schreist du, brüllst du immer wieder: »Nein, nein, nein!«

Denn alles war vergebens. Hier gibt es keine Sieger, sondern nur Verlierer. Und du bist einer von vielen.

Und das ist es, was du siehst und riechst und hörst: Hier oben brennen die Höllenfeuer, die du von unten kennst.

Du öffnest Ohren und Augen und Nase und Mund. Du erwachst aus einem Traum, einem Alb von einem Traum.

Doch was ist das, das du da jetzt rings um dich herum wahrnimmst?

»O mein Gott! Da war mein Traum ja das reinste Paradies!«, brüllt deine Seele auf, schreien Hirn und Kehlkopf, Zunge und Mund synchron in einem Krächzen aus dir raus.

Denn dies hier ist die Höllenwirklichkeit, die du dir niemals - weder jüngst noch niemals zuvor - erträumtest, erträumen konntest. Denn dazu reicht dein Winzlingsmenschenhirn niemals aus.

Überall humpeln hier Greise auf Krücken dahin und schreien vor Schmerzen, gehen achtzigjährige Paare mit weißem Haar und faltiger Haut sich an den Händen haltend, versuchen Beinlose auf selbstgefertigten Holzkarren vorwärts, nicht etwa hinab oder geradeaus, nein, einen Abhang hinauf zu kommen - und rollen immer wieder zurück. Einbeinige springen so lange, bis sie nicht mehr können und fallen schließlich einfach um. So viele Menschen siehst du gebückt mit krummem Rücken den Berg emporkriechen.

Denn dort oben ist irgendetwas, das alle zu sich ruft.

Schrecklich bist du, *Anat*.

Du watest im Blut und trägst die abgeschlagene Hände und Köpfe der Menschen wie Schmuck.

Deinen Bruder und Mann *Baal* hast du gerächt. Denn *Mot*, den Todesgott zerstückelte dein Schwert in der Unterwelt. So gabst du *Baal* das Leben zurück, und er stand wieder auf.

Das tatst du einst vor langer Zeit, so tut es auch später dann *Isis* bei *Osiris*.

Menschen, Magier und Leoparden aber, wir denken da an Manfred und Moyo, wurden geboren, also leben und sterben sie und kehren niemals als dieselben zum selben Ort zurück.*

*: Rainar Nitzsche: Die PFAD-Romane: *Der Leuchtende Pfad des Magiers, Wandlungen der Drei, Wüsten-Berges-Himmels-Weiten, Ins All - Im Eins.*

Du läufst auf die Wand zu.

Diesmal klappt's, denkst du. Also gehst du immer weiter.

Doch die Wand öffnet sich nicht. Da siehst du weder Spalt noch Fenster noch Tür noch Tor. Da ist nur die glatte Wand, die sich endlos nach beiden Seiten hin erstreckt. Wo sollten da auch so mir nichts dir nichts Öffnungen in einer massiven Substanz auftauchen?, fragst du dich mit Recht. Schließlich leben wir im beginnenden 21. Jahrhundert, wo Häuserwände aus Holz, Blech, oder aus Stein und Mörtel und Farbe sind, also immer aus totem festen Material, doch niemals nie - *noch* nicht lebendig.

Und mit der Magie alter und anderer Zeiten ist's heutzutage auch vorbei, auch wenn sie in der Literatur, im Film und in der Religion wieder im Kommen ist.

Also fällst du nicht durch das Eiswerbeplakat mit der Grazie darauf und fällst im Jenseits auf die Schnauze, sondern stößt dir die Nase platt?

Nein. Du gehst einfach durch die Wand. Denn ungeheuer groß ist die Leere in den Atomen. Du durchschreitest sie, denn du bist ...

Was oder wer bin ich?

Bin ich wer?

Wer bin ich - jetzt?

Dort, wo du jetzt bist - also hier, hier auf der anderen Seite sind weder Schutz noch Heim noch Wohnung noch Abend noch rotes Lampenlicht, kein TV, kein Kopfhörer und auch nicht dein Bett, auf dem du vor kurzem noch lagst. Hier liegst du nicht, hier sitzt du nicht, hier stehst du nicht, hier *fällst* du *empor* in Schwärze.

Weit unter dir bleibt es zurück, wird kleiner und immer kleiner, verglüht dann ganz: das gleißend-weiße Licht.

Denn du fällst empor. Du, der du das Licht so liebst, steigst empor, immer weiter von ihm weg.

Doch auch du, der andere von der anderen Seite, der du zur gleichen Zeit die Welt der Menschen betratst, als der eine sie verließ, doch auch du, der du ein schwarzes Wesen aus der Schwärze bist, das die Schwärze des Alls so liebt, verlierst den Halt und fällst - doch nicht *empor*, sondern *hinab*.

Immer weiter weg von deiner schwarzen Heimat Nacht tauchst du nun in den leuchtenden Sommersonnenerdenhimmel ein.

Ja, schwarz und schreiend sind die Höllen für stille Menschen.

Still und schwarz sind die Höllen für lachende Jugend.

Sonnenhell und jubilierend aber sind sie für Dämonen.

Dort brennt das ewige Licht.

Dorthin ruft dich deine Seele voller Sehnsucht.

Aufgehen im Âtman, das ist dein Ziel.

Doch wie ist der Weg?

Jetzt nach dem Tod deines menschlichen Körpers beginnen die Läuterungen.

»Hier im Zwischenbereich bist du nicht in himmlischen Paradiesen mit goldenen Palästen, lotosbedeckten Teichen. Hier warten keine anmutigen und zärtlichen Tänzerinnen auf dich«, flüstert dir irgendwer zu.

Ja, hier ist alles anders. Schwärze, nichts als Schwärze, denkst du. Dies muss eine der einundzwanzig lichtlosen Höllen sein. Hier werden sie mich quälen und foltern und foltern und quälen - ohne Ende.

Das ist meine Strafe für all die Sünden, die ich im Leben beging.

Das ist die Strafe, die ich verdiene.

Das ist meine Strafe jenseits des Todes.

Aber *noch*, für immer und ewig?, brennt *in dir* das Bild des Lichts, das dich rief, das dich ruft.

Jetzt erst schreist du, nicht mehr vor Schmerzen wegen all der Pein, nach all jenen Foltern, jetzt erst brüllst du irrsinnig auf und kreischst deine Sehnsucht hinaus.

Denn *dort draußen* in der Ferne strahlt ein Licht aus tiefster Schwärze auf.

Und du siehst in dir - doch niemals außerhalb - ein leuchtendes Band, einen leuchtenden Pfad, der sich durch die Schwärze dorthin windet.

Du rennst und läufst und gehst auf ihm dahin - und kommst doch niemals näher zum Licht, auch wenn du es immer wieder einen Augenblick lang zu spüren glaubst.

Schon ist dein Ziel wieder so weit entfernt wie eh und je.

Oder gar weiter noch als zuvor?

Dieser Funke von Licht ist die Hoffnung für all die Tag-wesen, die Hoffnung, die sich nie erfüllt - also Qual, also Hölle, also Höllenqual!

AUSLÄNDER RAUS!

Europa, 21. Jahrhundert

»Ausländer raus!«, schreit er, einer unter vielen.

Und all die anderen in der Menge jubeln, alle brüllen mit, alle klatschen - und nachher will es keiner gewesen sein.

Dann, in der Nacht wirft er den Mollie ins Asylantenheim.

Und wieder brennen Menschen und schreien und sterben Männer, Frauen und Kinder.

Da trifft ihn etwas am Kopf, aus heiterem Himmel, mit einem Schlag wie ein Donner.

Von fern erklingt, verklingt: »Nazis raus, Nazis raus, Nazis raus!«

Bewusstlos fällt er zu Boden.

Afrika, irgendwann

Er schlägt die Augen auf und findet sich gefesselt, von Schwarzen umringt.

Ringsum ist nur trockenes Land. Heiß brennt der Sonn herab.

»Ausländer rein!«, rufen sie in ihrer Sprache, die unser Skinhead merkwürdigerweise versteht.

Sprechen denn Affen Deutsch?, denkt er lachend überheblich, doch das soll ihm gleich noch vergehen.

Cool bleiben, ganz cool! Und 's Maul halten!, fällt ihm dann ein (Dumm scheint er ja nicht zu sein). Oder besser noch: Erst mal wieder die Augen schließen!

Er öffnet die Augen, und ... nichts hat sich geändert.

Doch! Jetzt ändert sich was: Arme greifen nach ihm und heben ihn - in den großen Kessel mit kochendem Wasser.

»Weißes Essen, gut!«

Er schreit wie am Spieß, denn seine Haut verbrennt. Letzte vergehende Gedanken - seltsam, alles hat sich bestätigt, was er einst über diese Wilden dachte: Hab's ja gewusst! Dieses Niggerpack - alles Primitive - Menschenfresser!

Was er aber nicht weiß, ist dies: Das alles geschieht nicht irgendwann und irgendwo einfach so dort oben auf der Erde. Nein, das ist etwas ganz Spezielles für ihn. Deshalb passt es auch so wunderbar - wie die Faust aufs Auge. Das alles ist *seine eigene Hölle*!

Und jetzt, wo er tot ist, denkst du, findet er Frieden, geht seine Seele in den Himmel ein, denn der Herr verzeiht, denn er schickte uns seinen Sohn, der alles Leid am Kreuz auf sich nahm.

Doch darin irrst du dich gewaltig. Denn unser großer Held wird nicht nur verspeist, sondern auch wiedergeboren. Und wieder wird er einfach so zum Spaß, aus Lust und Laune heraus andere Menschen quälen und töten. Vielleicht wird er diesmal eine Frau mit Kindern aus erster Ehe heiraten, Stiefvater sein. O ja, diese kleinen Kinder wird er dann unter ihren Augen, die einfach nichts tut, weil sie sich nicht traut, weil es ihr, arbeitslos und besoffen, wie sie ist, scheißegal ist, weil er auch sie längst verprügelt hat, diese Kinder, die nicht die seinen sind, wird er misshandeln - schlagen und quälen und vergewaltigen - letztendlich zu Tode prügeln und schön zerteilt in den Müllcontainer schmeißen.

Ja, so handeln manche Männer einer Affenart, die sich Mensch nennt, auf Lateinisch: *Homo sapiens*, das ist der *Weise Mensch.*

Löwenmänner tun es konsequenter - auch hier sind die Mütter machtlos, trauern aber wohl nicht lange. Sofort nach der Übernahme des Harems tötet der neue Mann konsequent alle Kinder des Vorgängers. Um so früher werden seine Frauen wieder empfängnisbereit, um so eher erblicken seine eigenen Kinder das Licht der Welt, um so mehr Gene gibt er weiter.

Unser großer Menschenheld aber quält und foltert nicht nur, sondern wird auch von anderen, die stärker sind als er, gequält und getötet werden.

Dann wird er in einer neuen Hölle schmoren.

Und dann wird er wiedergeboren.

Und dann …

Siehst du, jetzt wo du dies alles begreifst, jetzt weinst du, denn so geht es weiter und weiter und immer weiter. Das ist das Rad des Leidens, das sich dreht und dreht, immer und immerfort.

Buddha fand einst den Weg der Überwindung für sich und lehrte ihn.

Doch wer von uns ist schon wie er und kann ihm folgen?

»Letzter Halt, Hochspeyer!«, spricht der Zugführer ins Mikro der Regionalschnellbahn.

Zunächst fiel es dir gar nicht auf. Doch nun, da der Zug rast, immer weiter durch die Nacht, ohne anzuhalten, rast und aus den Vibrationen zu schließen immer schneller zu werden scheint, erinnerst du dich an das erste Wort des Schaffners: »*Letzter*«, lautete es, nicht »nächster«, wie üblich, sondern »*Letzter* Halt!« »Nächster Halt, Enkenbach!« hätte er anschließend sagen müssen, dann Langmeil, dann Winnweiler, wo du sonst den Zug verlässt, denn dort machst du deine Umschulung zum Buchhändler, den Zug, in dem du jetzt sitzt und der noch öfter auf seinem Weg nach Bingerbrück hält, normalerweise, sonst immer.

Doch heute, jetzt und hier in dieser Nacht hält er wohl nicht mehr, hält er nie mehr?

Und diese Nacht endet nie?

Und du fragst dich, ob du der einzige bist oder ob da noch andere im Zug sitzen und vor sich hindösen oder voller Panik auch gemerkt haben, was Sache ist, was da anscheinend abgeht. Sind da andere, die die gleichen Gedanken wie du haben? Gibt es sie? Wenn ja, was tun sie nun? Suchen sie nach anderen Passagieren? Soll ich sie suchen? Denn bekanntlich ist ja geteiltes Leid halbes Leid. Doch wenn es nun weder Engel noch ganz gewöhnliche, friedliche Menschen sind, sondern gar nicht so angenehme Zeitgenossen oder gar Dämonen, richtige kleine Teufel, Aliens, aus irgendwelchen geheimen Laboren entsprungene Monster, was wird dann aus mir?

Soll ich nun sitzen bleiben oder andere suchen gehen? Nach vorne oder hinten? Lang kann der Zug ja nicht sein, war er zumindest nicht, als ich eingestiegen bin. Andererseits, wenn da einfach so Stopps entfallen, kann alles möglich sein. Dann könnten ja auch Züge ins Unendliche wachsen.

Du gehst nach vorne, verschaffst dir auf deinem Weg einen Überblick - nur nichts übersehen. Doch alle Sitze sind leer, auch die Toiletten sind unbesetzt. Von deinem Platz bis nach ganz vorne ist der Zug gähnend leer. Wo sind die nur alle hingelangt, wunderst du dich. Denn da müssen doch noch andere gewesen sein. Ob da überhaupt ein Lokführer in seinem Führerhäuschen sitzt und wenn ja, ob er noch lebt?

Du drehst dich wieder um, kehrst um und gehst nach hinten.

Jetzt hast du das Ende des Zuges erreicht. Jedenfalls stehst du vor einer verschlossenen Tür, dahinter scheint nichts mehr zu sein. Der Zug ist also leer, da ist niemand mehr außer mir. Welch ein Aufwand, denkst du, ein ganzer Zug für einen einzigen Menschen.

»Für eine einzige Seele«, flüstert eine Stimme tief in dir.

Und dass da noch jemand im Fahrerbreich sitzt, erscheint dir jetzt auch sehr unwahrscheinlich. Doch gehst du trotzdem wieder nach vorne, ein Fünkchen Hoffnung bleibt. Dort klopfst du an die Tür, du rufst.

Keine Antwort.

Niemand dort. Vielleicht kam die Durchsage ja nur vom Band, denkst du. Oder der Lokführer sprang einfach raus aus seinem Haus. Vielleicht ist der auch längst mause-menschentot und in irgendwelche Dimensionen verschwunden, wohin auch all die anderen gingen.

Tja, was aber tue ich denn nun?, fragst du dich verzweifelt und setzt dich erst mal hin.

Zeit vergeht. Nichts ändert sich (scheinbar). Der Zug

rast immer weiter, und du bist sein einziger Passagier. Du legst dich auf eine Bank, schläfst ein.

Du erwachst, erhebst dich von der Bank und schaust dich um, erinnerst dich. »Scheiße, Mann!« Nichts hat sich geändert. Oder doch?

Ja, es ist dunkel im Zug geworden, doch nicht schwarz wie die Nacht. Ein wenig Licht ist geblieben, das heißt, rötlich leuchtet es jetzt von der Decke, wo vorher Neonleuchten brannten.

»Wie kann das sein?«, fragst du dich verwundert und verstehst es nicht.

Passender Look zu Lavahöllenfluten dort unten - oder schon hier?

Doch da leuchtet noch etwas so weiß und hell, so klein und rein!

Du schaust aus dem Fenster neben dir.

Sterne strahlen dort überall.

Und so nah schwebt da ein gewaltiger Planet. Leuchtende Ringe aus Eis und Stein umgeben ihn.

»Die Ringe des Saturn«, flüsterst du staunend dir selber zu. Ich bin im All. Während ich schlief und träumte. muss sich der Zug in ein Raumschiff verwandelt haben. Doch wenn es so ist, wohin wird meine Reise gehen? Wann wird sie enden? Werde ich am Ziel noch am Leben sein. Denn mein Körper braucht Sauerstoff und Nahrung. Denn ich lebe nicht ewig. Werde ich alles zum Leben Nötige hier finden?

Decke und Seitenwände werden durchsichtig, verwandeln sich in eine Kanzel.

Du drehst dich in deinem Sessel, in dem du nun sitzt, eben war der noch nicht vorhanden, und schaust zurück. Blau leuchtet dort ein kleiner Stern, der gar keiner ist, sondern vom Sonn in weiter Ferne angestrahlt wird.

»Blau leuchten die Meere der Erde«, stottert deine Seele. Du weinst Tränen des Abschieds. Denn so hast du sie
selbst niemals zuvor gesehen, und du weißt, dass du sie
niemals wiedersehen wirst.

Deine Reise zu den Sternen hat begonnen.

BRICHT AUF DAS TOR!

Du hörst die Brandung des Meeres dich rufen.

Schwärze liegt hinter dem Tor.

Du trittst näher.

Offen bleibt das Tor im Zentrum deiner Stirn.

Du siehst dich im Spiegel.

Mein Fluchtweg aus der Hölle, denkst du.

Dann entfaltest du deine unsichtbaren Schwingen.

Du hebst ab, springst hinauf, hinab, hinein in die Schwärze des Tores in dir, wo grauenvollere Höllen auf dich warten.

Dieser Tag war ein Tag wie jeder andere, also gleich und doch so unterschiedlich. Und so war es, so geschah es:

Ich stehe mit meinem Rucksack früh auf dem Weg zur Arbeit an der Bushaltestelle und warte.

Der Bus kommt.

Ich steige ein, hole meinen Ausweis aus der linken Brieftasche - will es tun, erwische den falschen Zettel, beim zweiten Versuch wieder den falschen, finde dann endlich mein für ein Jahr gültiges *Beiblatt zum Ausweis des Versorgungsamtes* sowie den *Schwerbehindertenausweis* und lege beide ordnungsgemäß vor.

Der Busfahrer will es jetzt aber nach meine Fehlgriffen genau wissen. Er lässt sich beide Ausweise aushändigen, legt sie nebeneinander auf sein Lenkrad und studiert sie lange und ausgiebig.

Vergleicht der da irgendwelche Nummern?, frage ich mich. Sieht ja ganz danach aus.

Dann schreit er plötzlich auf: »Alles raus! Bombenalarm!«

Ich schnappe mir meine Ausweise und renne davon. Dann komme ich eben zu Fuß ans Ziel, denke ich im Rennen, wenn nicht so, dann eben anders. Doch kann ich den Weg alleine finden?, frage ich mich ein wenig später, so ganz mutterseelenallein und ohne Stadtplan in einem Stadtteil, in dem ich noch nie zuvor war. Zudem ist es inzwischen spät geworden - rabenschwarze Nacht.

Doch ich schaffe es, ein Wunder, wer hätte das gedacht!, komme irgendwann doch noch an, betrete die Wohnung, wo schon einige versammelt sind: viele Typen, doch auch zwei Frauen sind darunter, eine jünger, die andere älter.

Die beiden beugen sich vor, dass jeder unter ihre kurzen Röcke schauen kann. Keine Spur von einem Slip, weder hier noch da. Einen Augenblick später - da habe ich wohl nicht mitbekommen, wie sie ihr Kleid abstreiften - sind sie vollkommen nackt und präsentieren ihre rasierten Mösen.

Treten die etwa in Pornofilmen auf?, frage ich mich, lange keine echte Frau so nah und nackt gesehen, bin schon ganz geil. Wird wohl keine Geburtstagsfeier, sondern eher 'ne Orgie werden. Was ist mit Verhütung und AIDS, gibt's hier irgendwo Pariser?, sollte ich mich fragen und tue es nicht.

Die Frauen beachten mich nicht. Scheint also eine gierige Nichtbeziehung zwischen ihnen und mir zu sein. Dann fragt mich auch noch so ein Typ, ob ich mit ihm Sex haben wolle.

»Nö«, antworte ich.

Auch all die anderen Männer scheinen mir nun alle vom anderen Ufer zu sein. Wo bin ich denn da nur hineingeraten? Ist das 'ne Lesben-Schwulenparty?

Und dann ist da einer, den ich aus der Schulzeit kenne, ein Klassenkamerad, der nicht zu ihnen zu gehören scheint (oder doch?): Hans-Peter. Der meint doch so beiläufig und flüstert es mir ins Ohr: »Übrigens, Olaf, die suchen dich, hab's gerade im Radio gehört, die suchen dich als Terroristen. Was hast du denn nur angestellt?«

»Mich?« Jetzt bin ich aber baff, dann verstehe ich endlich, weshalb der Busfahrer schrie. Der meinte *mich*! Ich fange an zu lachen und krieg mich nicht mehr ein. Kichernd sehe ich all die Bilder, die keiner sonst sah: Da war ein Südländer - Araber, Iraner, Iraker, Pakistani – die kann ich nicht unterscheiden, der stand da an der Bushaltestelle. Doch er trug keinen Rucksack und stieg auch nicht in den Bus ein, um ihn dort etwa als Selbstmörder zu zünden, nein, er setzte sich einfach mit zusammengefalteten Beinen auf den Boden und fing zu trommeln an.

Immer mehr Schaulustige versammelten sich.

Und jetzt erst sehe ich vor meinem inneren Auge die erst jüngst mit Brettern provisorisch zugedeckte Baugrube neben der Bushaltestelle.

Da also steckte der Sprengstoff drin.

Schon explodiert alles. Überall fliegen zerfetzte Körper durch die Gegend, schreien, kriechen und brennen Menschen – und all dies geschah heute und hier und jetzt in der Innenstadt von Kaiserslautern.

Ich wache auf – der Radiowecker hat mich geweckt. Später schreibe ich alles auf. Noch viel später fällt mir ein: Statt Attentat in der Stadt und Frust zuvor wäre doch eine wirkliche Orgie was gewesen, nicht mit den schwulen Männern, sondern mit mir als Zuschauer beim Lesbensex der beiden. Tja, aber man kann eben nicht alles haben, weder im Leben hier bei Tag - hurra, ich lebe noch! - noch in den Träumen der Nacht.

Ein Gast betritt das Restaurant.

»Guten Tag!«, grüßt ihn eine junge Chinesin, die er um einiges überragt.

»Tag!«, meint er ein wenig schüchtern und neigt seinen Kopf zum Gruß.

Dann stellt die Chinesin eine oft gestellte Frage. Denn einer, der da durch die Tür kommt, muss nicht zwangsläufig einer sein, da können ganze Gesellschaften in seinem Tross minutenversetzt noch auftauchen. Und so lautet die Frage aller Fragen, die sie ihm (und jedem anderen auch) stellt: »Wie viele Personen sind Sie?«

»Einer«, sollte er jetzt antworten.

Doch das tut er nicht.

Dann geschieht das, was sie noch nie zuvor erlebte, das sie am ganzen Leib erzittern lässt. Denn dieser Gast antwortet mit tiefer, multipler Stimme, krächzend, kichernd, dröhnend und zugleich in ihr flüsternd: »WIR SIND LEGION!«

Sonst geschieht weiter nichts.

Sollte denn etwas geschehen?

Alles läuft wie immer.

»Ist noch alles frei!«, spricht die Chinesin und lächelt - gut gelernt, fast perfekt, denn jetzt und hier wirkt es auf einen aufmerksamen Beobachter, der der Gast nun einmal ist, doch ein wenig gezwungen.

So nehmen WIR Platz in diesem einen Chinarestaurant dieser einen Stadt in diesem einen Land auf dieser einen Erde. WIR, die WIR die in einer Menschengestalt verdichteten Legionen der Hölle sind.

Und dich, der du all dies siehst, der du all dies liest, treibt nun deine Neugier fast zur Raserei.

Du willst Fleischfetzen und Gedärm, du willst Blut sehen.

Du träumst von Schreien und Gelächter.

Du willst einfach wissen, was nun geschieht.

Die Antwort ist wirklich sehr einfach: WIR essen mal chinesisch. Hahaha! Was sollten WIR auch sonst in einem Chinarestaurant tun!?

Einst sah er einen Film über eine gigantische Maschine, die nicht nur Wäsche fraß, sondern auch ganz wild auf Menschenblut war, denn sie war von einem Dämon besessen. Ja, zuvor hatte er auch das Buch mit der Geschichte von Stephen King gelesen. Doch erst beim Film fiel ihm das hier ein:

Dort stehen sie beieinander: ein, zwei, drei Menschen - Magier.

Was aber tun sie da?

Sie beschwören den Dämon aus der Maschine, *deus ex machina* im wahrsten Sinne des Wortes, der nun schwarz und lärmend und gewaltig vor ihnen kauert, immer bereit zum Sprung auf seine Opfer, sobald sie die geringste Schwäche zeigen.

Wir steigen auf, wir sehen sie unter uns. Wie winzig doch die Menschlein sind! Wir sehen mehr.

Wir sehen, dass der Dämon nur die Spitze des Eisbergs der eisigen Höllen, der Vulkankegel der feurigen Höllen ist.

Wir sehen die Erde unter uns, wir steigen noch immer.

Jetzt wissen wir, dass alles, die Erde, aus der dieser Dämon wuchs und das Sternensystem, in dem diese Erde kreist, also auch die Mondin und all die anderen Planeten und Monde und Asteroiden und Kometen und der Sonn und alle Sternensysteme ringsum, diese ganze Galaxie, die wir Milchstraße nennen, und alle anderen Sterneninseln und die Schwärze dazwischen, dass dieses ganze Universum, das ja nur eins von vielen ist, *Sein* ist, *Ihm* gehört.

Also ist alles nur Teil von Ihm, also sind auch die Menschen und Magier, also sind auch wir nicht mehr als Seine Zellen und Seine Gedanken, den viele Menschen *Satan* nennen!

Das alles flüstern wir ihm zu, dem einen kleinen Menschlein, das einst einen von vielen Filmen sah und dieses eine Buch zuvor gelesen hatte.

Deshalb, dachte er nun, deshalb also sind überall eisige und heiße Höllen - dort draußen und tief in uns. Deshalb also ist das Leben so oft Pein und Qual und Schmerz. Deshalb gibt es überall in unserer Welt so viel Leid und Tod.

Da wachst du also am Morgen auf und findest was in deiner Schlafanzugshose?

Zwei Zentimeter lang ist das Ding und kriechen kann es auch noch. Scheiße Mann!

Du ahnst, was es ist. Mit *b* fängt es an, mit *wurm* hört es auf und dann stammt es auch noch vom Rind.

Und das soll alles vom Tartar gekommen sein, den du irgendwann mal gegessen hast?

Einmal nicht aufgepasst, ist ja wie beim Sex, schon ist der Nachwuchs unterwegs oder Tripper oder Aids.

Du siehst es in dir: Ja, da liegt das Monstrum, ein wahrer Mitesser, der keinen Mund zum Essen braucht, denn er schwimmt im Nahrungsbrei und nimmt sie einfach durch die Oberfläche auf, viele Meter lang und gewunden, so kommen die frühen und späten Gliederbereiche nebeneinander, um sich zu begatten.

Dort in dir ist nur für einen seiner Art Platz – und der ist Zwitter und begattet sich selbst. Fest hat er sich mit seinen Kopfhaken verankert, er, sie, es, der Wurm mit den massigen Endstücken, die nicht nur in Gruppen und beim Scheißen, sondern dich auch von sich aus einzeln in der Nacht verlassen können, wie dieses eine hier.

Scheiße Mann, jetzt weißt du, dass da so ein Rinderbandwurm wie im Schlaraffenland lebt, indem er dir in deinem Darm dein Essen klaut.

Du öffnest die Au...

Da sind keine Augen, du siehst nichts, du hörst nichts, du riechst nichts, du tastest nichts, du fühlst nichts – *noch* nicht.

Du atmest - nicht ein, denn da sind keine Lungen, keine Tracheen, keine Kiemen noch sonst irgendwas.

Du stehst nicht auf - keine Beine, keine Füße, keine Flossen.

Und doch bist du erwachst.

Wo bin ich?, solltest du dich fragen.

Was ist jetzt? Was war? Was wird geschehen?

Doch dies alles fragst du nicht.

»Wer bin ich?«, flüstert eine fremde Stimme in dir. »Wer?«

Doch niemand antwortet ihr - niemand antwortet dir.

Denn da ist nichts.

Du bist erwachst und steigst aus tiefsten Höllen auf.

Den Himmeln aus Licht, aus Klang, aus Düften schwebst du entgegen. Denn hell und klar sind die Himmel für die Tagaktiven unter den Lebewesen.

Den Himmeln aus schützender Schwärze, aus Klang, aus Düften schwebst du entgegen. Denn schwarz und kalt sind die Himmel für die Wesen der Nacht.

»Ich bin!«, singst du mit einer Stimme - ohne Mund, ohne Kehlkopf, ohne Syrinx, ohne Schrillorgan.

Und das All erzittert. Und das All bebt. Und das All vergeht.

»Ich bin!« ICH bin!! ICH BIN!!!«

So bersten Welten und vergehen. Wärme und Leben waren und sind gegangen. Kälte und Tod herrschen nun.

Jetzt weinst du. Und aus deinen Tränen bilden sich Kosmen. Leben entsteht. Leben und Leid und Sterben und Tod.

Und so geht es fort und fort. Denn du bist der Engel des Todes und der Engel der Geburt zugleich und doch nicht allmächtig, sondern auch nur ein winziger Teil von allem, dessen Menschenname GOTT ist.

Also bist du nun tot!

Nichts geschieht. Du bist erloschen. Alles ist aus, zu Ende.

Du gehst ins Licht. Ein Mensch, der dich liebt, nimmt deine Hand und heißt dich in der anderen Welt, im Jenseits willkommen.

Du schreist im Fegefeuer. Diese Schmerzen, die nicht enden wollen, immer und immer wieder!

Nichts ist, Ewigkeiten ist nichts. Dann weckt ER uns alle auf, alle, die an ihn glauben, weckt ER am Jüngsten Tag zum Jüngsten Gericht.

Du kehrst zurück auf die Erde, dringst in einen befruchtete Eizelle ein. Du hast noch einen weiten Weg vor dir, ein ganzes neues Leben. Denn du bist wiedergeboren.

Du kehrst zurück als Boddhisatva. Denn noch immer ist so viel Leid auf Erden, sind so viele Menschen nicht aus dem Kreis erlöst, ach, es sind ja mehr als je zuvor, die heute leben, die unerlöst sind.

Du gehst ein in die Leere. Du hast das Rad verlassen. Du bist »ewig«. Denn du bist einer der wenigen Menschen - und der Wesen, die keine Menschen sind - mit Namem *Buddha*.

Und dann sind da noch die zahlreichen anderen parallelen und nicht parallelen Universen, in denen du weiterlebst.

Und nun fragst du, liebe Leserin, lieber Leser, mich kleinen Schreiberling, ohne Studium der Philosophie und Theologie, ohne Doktorgrade, Professorentitel, ungepriesen und ungekrönt, mich fragst du nun, der ich all dies sah und las und in mir spürte, von mir willst du nun wissen, der ich nur ein unbedeutender Mensch bin genau wie du, nur dass ich Olaf Olsen heiße:

»Was von alldem ist denn nun wahr? Ist da eine seligmachende Wahrheit unter all diesen Varianten des Totseins. Eins muss richtig sein, das andere sind nur Lügen. Oder ist etwa das eine für diesen, das andere für jenen wahr? Und was wird jetzt mit mir geschehen, wenn ich sterbe, wenn ich gehe?«

Ich aber antworte dir und zugleich mir: »Du wirst es - ich werde es - erleben, ersterben! Du wirst es - ich werde es - wissen oder nichts mehr wissen, eines tages, eines nachts, das ist so sicher wie das Amen in der Kirche - der einen zu einer Zeit von vielen in allen Zeiten.«

Es ist schon traurig, wer und was hier unten in der Hölle so alles herumkriecht, kreucht und fleucht und krabbelt. So traurig.

Und deshalb weinst du jetzt?

Weil du das Leid all dieser Wesen fühlst? Weil dein Name *Buddha* ist?

Oder bist du gefallen, aus den Himmeln geworfen, nie mehr Engel im Paradies, sondern – nur noch ein Mensch auf Erden, dem Jammertal? Denn du wolltest sein wie GOTT.

»*God's Army*«, flüstert eine Stimme in dir.

Oder ist es »nur« die Musik, die deine Seele zittern lässt, die dich nun so traurig macht, wie etwa der Sound von *Guttaca*?

Jetzt ist es Nacht.

Was tust du da?

Du schließt deine Augen. Was sonst? So ganz allein und ohne Sexbegierden. So liegst du da und schläfst - noch nicht. Jetzt kommen die Bilder, die du niemals zuvor sahst:

Da sind Strukturen aus silbernem Metall, doch keine Dinge, sondern lebende Welten.

»*Giger*«, flüstert die Stimme, »Alien und das Buchcover von *Entitäten* könnten diese Wahrnehmung hervorgerufen haben«.

Doch das dort sind nicht nur einzelne Wesen, sondern eine ganze Welt öffnet sich hier nun dir, eine Welt, die da atmet und in dir lebt, vor dir und über dir, der du sie nur staunend schaust und niemals betreten wirst - außer in deinen Träumen, weil es die nähere Zukunft der Menschheit ist, die dein jetziger Körper, so alt wie er nun schon ist, beim besten Willen, mit allen Medikamenten und Operationen nicht mehr erleben wird. Und bis man sich neue Körper kaufen kann, das dauert noch ein wenig.

Kann mich nicht mehr erinnern. Weiß nicht: wie kam ich *hierher*?

Niemand erinnert sich an seine Geburt.

Jetzt aber bin ich hier und leide Höllenqualen. Manchmal, selten! Oder immer öfter?

Meist jedoch sind da Alltagsdinge und -sorgen um mich herum, beschäftigen mich und lenken mich ab von all den Lebenssinngedanken. Viele Dinge sind da, die getan werden müssen: Arbeit, Einkauf, Putzen, Schlafen, Essen und Trinken.

Und du, lieber Leser, liebe Leserin, wunderst dich jetzt sehr: Das sind doch keine *Höllen*qualen. Also ist das auch keine Hölle, sondern das Leben auf der Erde, wie wir es alle kennen.

Ja, du hast mich gefragt. Und dass du mich fragen konntest, heißt: auch du bist dort, wo ich bin, auch du bist hier, hier bei mir in dieser einen von vielen Höllen, die wir *Erde* nennen.

Blut! Blut!
Die Heiligen rufen danach,
die Erde tut sich auf, es zu verschlingen,
die Hölle dürstet darum!
C. R. Maturin: Melmoth der Wanderer

Stürme den Hügel empor. Außer Atem. »Vorwärts! Attacke!! Vorwärts!!!«

Träum ich? Wo bin ich? Was tue ich hier?

Andere sind neben mir. Sie fallen im Zeitlupenfall. Köpfe bersten. Ein Arm segelt vorbei. Blut und Hirn! Was für Mengen an Gedärm im Menschen doch stecken!

Mein Gott, das ist der Krieg! Und ich bin mitten drin. Und irgendwo dort oben ist der Feind. Was für ein Feind? Und wo stehe ich?

Bei den Guten! Klar! Die anderen sind immer die Bösen.

Noch immer stürme ich den Hügel empor. Allein!

Seltsam ist es ja doch, dass es nur die anderen erwischt, immer nur die anderen. Erstaunlich, dass ich über den Sinn nachdenken kann, wo mein Adrenalin doch nur noch »Kampf« brüllen sollte.

Und der Abhang hört nicht auf.

Ich schwebe. Stille. Der Hügel schwindet unter mir. Über mir strahlt ein weißes Licht. Schwärze schweigt dort unten. Aufrecht strebe ich weinend vor Glück dem Licht entgegen. Dort wartet die Erlösung.

Etwas packt mich von hinten. Nein! Der schwarze Arm der Hölle reißt mich zurück. Neues Spiel, neues Glü... - Pech und Schwefel! Alles beginnt wieder von vorn.

Stürme den Hügel empor. Außer Atem. »Vorwärts! Attacke!! Vorwärts!!!«

Träum ich? Wo bin ich? Was tue ich hier?

Andere sind neben mir. Sie fallen im Zeitlupenfall. Köpfe bersten. Ein Arm segelt vorbei. Blut und Hirn! Was für Mengen an Gedärm im Menschen doch stecken!

Mein Gott, das ist der Krieg! Und ich bin mitten drin. Und irgendwo dort oben ist der Feind.

Bricht auf das Tor!

Es ... es ... ist ...

Du siehst sie, die da tanzen im Morgenlicht. Du hörst sie singen. Du erinnerst dich.

Etwas in dir erwacht und weint.

Du erhebst dich aus den Trümmern einer Stadt. Noch immer hallen die Schreie sterbender Menschen in dir wider. Und erst die Schmerzen der Lebenden! Es ist die Hölle, du weißt es, die Hölle, die die Menschen irdisches Leben und Realität nennen.

Noch immer stehst du auf - aus tiefsten Tiefen. Endlos scheinst du zu sein. Eine sich emporschlängelnde Schlange, ein gewaltiger Wurm, größer als die Sandwürmer von *Arrakis*, gewaltig, doch nicht zum ewigen Kreis geschlossen, dein Name ist nicht *Ouroboros*.

»Ich bin der Engel des Todes!«, brüllt es in dir und aus dir heraus, in die Weite hinaus.

Jetzt hebst du dein gewaltiges Haupt (heute ist es menschlich) in den Nacken dort oben in den Wolken, die dein heißer Atem bildet.

Du öffnest deine Augen.

»Herr, erlöse uns!«, schreien deine knienden Jünger und werfen ihre Köpfe in den Staub.

»Mutter aller Mütter!«, beten all die Mädchen und Frauen, die in dir ihre Große Mutter sehen - so sehr sehnen sie sich nach dir.

Du aber bist weder der noch die, wofür dich alle dort unten halten. Du bist anders.

Weit öffnen sich jetzt deine schwarzen großen Augen und all die Wärmerezeptoren deiner Haut. Züngelnd schießt deine Zunge aus dem Mund hervor. Dann macht sie dem anderen Platz, das du von unten mitgebracht hast, um sie alle heimzuholen.

Rot schießt es aus deinem Mund heraus und hüllt sie ein.

O, wie sie brennen in deinem Feuer und schreiend davonzukriechen versuchen.

Du löschst sie alle aus. Fegst sie von der Erde, wie die vielen Großen einst vor 65 Millionen Jahren, und wie so oft davor.

Denn *du* bist *ihr* Jüngstes Gericht.

Ihr seid die Töchter der Nacht, die unterirdischen Rachegöttinnen, die aus dem Blut des *Kronos*, das Mutter *Gaia*, die Erde, auffing, geboren wurden.

Schrecklich seid ihr anzuschauen in euren hässlichen Altweiberkörpern mit eurem Schlangenhaar, den Fledermausflügeln und den blutunterlaufenen Augen.

Und hier und jetzt nenne ich eure Namen, die da lauten:

Allekto, das ist die Unablässige, die für Gerechtigkeit sorgt.

Megaira, das ist die Neidische, die die Eifersucht bestraft.

Teisiphone, das ist die, die den Mord rächt.

Mit euren schlangenbedeckten Häuptern verfolgt ihr Verwandtenmörder und andere Frevler.

Furien, die Rasenden, werden euch irgendwann die Römer nennen - andere nennen euch *Eumeniden*, das sind die dem mit reinem Gewissen Wohlgesinnten. Wer aber ist das schon?

Und all dies sind ja nur Menschenworte, mehr nicht.

Wie also lauten eure wahren Namen?

Seid ihr wirklich für alle Zeiten gegangen?

Wo, wenn nicht hier und jetzt, lebt hier dann?

Sie ruft dich. Er ruft dich. Etwas ruft dich.

Wer?

Die Hölle, Iblis, Satan, Scheitan, der Teufel! Wer sonst?

Immer und immer wieder. Tag für Tag, Woche für Woche und Jahr für Jahr, ja auch am helllichten Tag, besonders aber in der Nacht und stärker noch in den Nächten, in denen schwarze Wolken die helle Scheibe der Mondin und die funkelnden Sterne verdecken.

Es ruft dich ohn' Unterlass.

Endlich tust du es. Du sitzt am Küchentisch und greifst dir mit deiner rechten Hand das Messer - ja, da hast du gut vorgesorgt, denn es ist groß und scharf, ganz neu und unbenutzt, denn nur für eine Sache hast du es erworben - und diese Sache geschieht jetzt.

Du fängst an zu schneiden.

Alles muss weg. Als erstes die Finger der linken Hand: So beginnst du also zu säbeln, an den Gelenken auf der Handinnenfläche. Und das, was hier quillt, ist dein Blut. Erst ist der kleine fünfte dran, dann kommt der vierte an die Reihe. Gut stellst du dich / schön stellen die sich an.

Du machst immer weiter, achtest einfach nicht auf die Schreie, die dein Mund, deine Kehle, deine Lunge, dein Hirn, die dein Körper von sich geben.

Taub bist du nun und - in Ekstase. Längst sind auch deine Schreie verklungen.

Mittelfinger, Zeigefinger, Daumen - geschafft!

Du setzt dich erschöpft auf den Stuhl und schaust hinab und siehst das Blut aus deinem linken Handstumpf strömen.

Sind jetzt die Zehen deiner Füße dran?

Die sind aber dort ganz unten weit entfernt bei deinen langen Beine. Also ist da nichts zu machen. Da brauchtest du schon ein Beil, das aber hast du nicht parat.

Doch was hängt das da auf halbem Weg nach unten? Da baumelt doch was!

Weg damit!

Schon sind sie ab, deine Eier und dein Schwanz.

Aus zwei großen Wunden blutend stehst du auf und wankst ins Bad. Dort schaust du dich im Spiegel an.

Dein unversehrtes Gesicht grinst dich aus struppig vollem Bart und graublauen Augen an.

Augen!, denkst du.

Du hebst deine Rechte mit dem blutigen Messer und wunderst dich nicht, dass du jetzt keine Schmerzen mehr spürst, dass du noch immer nicht in Ohnmacht gefallen bist. Ja!, denkst du und lachst.

Jetzt stichst du zu, einmal und noch einmal, erst ins rechte, dann ins linke Auge.

Weiße Blitze, dann Schwärze.

Du taumelst, du …

Du öffnest deine Augen.

»Habe ich denn noch welche?«, fragst du dich verwundert selbst, denn du erinnerst dich sehr wohl an alles, was geschah.

Du siehst dich von oben dort unten liegen.

Dein Brustkorb ist aufgeschnitten, aufgesägt. Klammern halten ihn offen. Darin schlägt dein Herz schon lange nicht mehr. Eine Maschine pumpt dein Blut durch Schläuche heraus und wieder hinein. Eine andere gibt dir Sauerstoff. Infusionen voller Drogen halten dich am Leben, sollten dich unter Narkose halten und tun es auch, doch nicht in diesem Augenblick.

Menschen in grünen Kitteln stehen um dich herum.

Sie setzen eine künstliche Aortenklappe und einen gerin-
gelten Kunststoffschlauch als Aortenersatz ein und nä-
hen ihn an deinem stehenden Herzen an.

Du siehst alles unter dir und schreist - doch nicht.
Denn da ist kein Schmerz.

Dann war alles nur ein Alb, denkst du jetzt in der
Intensivstation. Sie operierten mein Aortenaneurysma.
Stark war die Aorta ascendens angeschwollen, angeris-
sen und undicht war die Aortenklappe geworden, alles
von Marfan verursacht. Und bei all den Drogen träumte
ich jetzt hier auf Station unter wachsamen Sinnen von
Maschinen und Menschen. Also war alles nur ein Traum.
Also war da eine Herzoperation, ein Notfall zwar, doch sie
gelang. Alles wird gut.

Dann öffnest du deine Augen.
Doch die Welt bleibt schwarz.
Also tastet du mit deiner Rechten.
Dein Gesicht ist verbunden.
Also tastet du nach deiner Linken und findest nur ei-
nen verbundenen Stumpf, wo fünfzig Jahre lang deine
Finger sich bewegten, lebten. Zwischen deine Beine tas-
test du nicht mehr.

»So ist es doch geschehen!«, schreist du. »Ich habe
es getan!«

Doch niemand hört dich, weder jetzt und hier, noch
irgendwoanders irgendwann.

Abzug (1)

Fahrstuhl - Kein Stuhl!
Aufzug - Ja, aber es geht hinab!
Abzug - Es wallt die Pestilenz empor.
Abgang - So ist es.

Da gibt es also diesen Fahrstuhl in der Stadtbibliothek – halt! – es gibt sogar zwei davon. Hier soll uns aber nur der eine interessieren, nicht der, der vom Untergeschoss und Erdgeschoss hinauf zu den Büros fährt und den nur das Personal benutzt, sondern der, der vom Erdgeschoss in die Tiefe, in den Keller hinabfährt.

Okay, ein Stuhl ist es ja schon lange nicht mehr, also auch kein Fahrstuhl, sollte ich also besser von einem Aufzug reden, wird ja auch hinaufgezogen und fällt – nicht hinab, wie dir Hausmeister Meier ausdrücklich versicherte.

Du bist also auch heute wieder, wie schon so oft zuvor, in den Fahrstuhl eingestiegen, hast einen Knopf gedrückt. Nein, nicht irgendeinen, sondern den mit K für Keller.

Der Fahrstuhl beginnt hinabzufahren. Was sollte er auch anderes tun? Dafür ist er gebaut, das kann er. Also ist alles in Ordnung, null problemo, kein Grund zur Panik, denkst du und wunderst dich, warum du das jetzt gerade denkst. Einen Augenblick noch, und schon wirst du nicht am Ziel deiner Träume, doch am gewünschten Ort sein. Ja, alles ist, wie es sein soll. Alles ist gut.

Doch dann blitzt da ein Gedanke auf, der da in dir laut und grölend lachend sich immer und immer wieder wiederholend widerhallt: »Endlos in tiefste Tiefen fallen, vom Alb verfolgt. Denn dies ist dein Fahrstuhl zur Hölle.«

Und tatsächlich, es geschieht: Heute hält der Fahrstuhl einfach nicht an. Weiter, immer weiter, geht deine Fahrt in die Erde hinab. Längst hast du den Kellerknopf gedrückt. Ohne Resultat. Alles bleibt, wie es ist. Weiter geht's im rasenden Fall hinab, und alles vibriert. Liegen da unten etwa alte Bunkeranlagen und geheime Schächte und Gänge aus alten Zeiten führen dorthin?

Ich sehe, denkst du und schaust hinauf. Dort oben brennt noch immer das Licht an der Decke, wunderst du dich erst jetzt. So lange Kabel kann dieser Fahrstuhl doch niemals haben. Ob sie sich so mir nichts dir nichts ins Endlose verlängert haben? Oder läuft die Stromversorgung jetzt etwa mit Akku oder Batterie?

Gedanken verklingen.

Und das Licht im Dunkel dort oben an der Decke ..., *nein, verdunkelt sich nicht, sondern der winzige Himmel über dir verwandelt sich nun in grelles helles flackerndes Blau. Geblendet wendest du deinen Blick ab, hinab.*

Dort tobt wirbelnd rot der Boden, Flammen umzüngeln deine Füße und doch ist da kein Schmerz.

Du schaust wieder auf und siehst vor dir im blauen, nein!, nun roten Licht, denn längst hat es die Seiten gewechselt - Rot züngelt unter der Decke, Blau strahlt die Beine empor -, siehst, wie sich die Seitenwände einkrümmen.

Du drehst dich einmal um dich selbst im Kreis.

Goldfisch bin ich und schwimme im Glas, fällt dir ein. Denn alle Ecken und Kanten sind längst verschwunden, ringsum ist alles rund.

Dann verwandelt sich dieses Rund in einen Spiegel.

Und während du immer weiter dem Zentrum der Erde entgegenfällst, steigen Gedanken - Erinnerungen, Träume, Visionen - in dir auf.

Du lauschst, du schaust, du weinst, du schreist . In dir kichert der Wahnsinn.

Du fällst noch immer hinab.

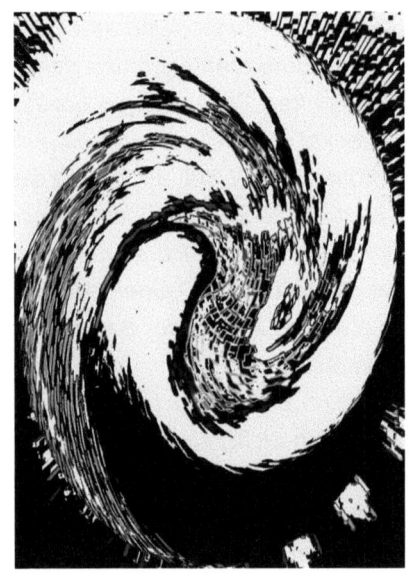

Fortsetzung s. Abzug (2)

FALL

Im Gehen stolpern und langsam nach vorne fallen, immer tiefer - Zeit d e h n t sich! - dem unausweichlichen Aufprall, der Erde entgegen.

Du erinnerst dich?

Ja, das geschah einmal, zweimal, einige Male in deinem Leben. Aber damals gelang es dir noch, dich abzufangen.

Oder du kletterst an einem Steilhang empor, ohne Sicherung und allein.

Dann rollen Steine unter deinen Füßen. Du verlierst den Halt, kippst nach hinten weg ins Nichts. Du fällst und fällst, bis du krachend mit dem Rücken auf den Felsen prallst und deine Wirbelsäule vor Schmerzen brüllt.

Nein, das warst du einst nicht selbst, dem das geschah. Du sahst der Nachstellung bei *Notruf* im Fernsehen zu.

Das alles geschah, das alles war.

Jetzt und hier aber ist alles anders, all die Erinnerungen verblassen - sind weg.

Jetzt fällst du durch Schwärze.

Wenn dort nur Sterne wären, Licht!

Doch deine Augen sehen nichts (Habe ich noch Augen? Was sind Augen?).

Und dein Ohr schreit Schwindel dir ins Hirn.

Denn du purzelst nach hinten weg, immer weiter ins Nichts.

Und du erinnerst dich nicht, wie und wo es begann.

Es muss schon immer so gewesen sein.

»Ich - ich - ich«, stottert deine zitternde Seele. Irgendwann wird es enden, wird der Aufprall kommen, wird alles vorüber sein. Dann bin ich erlöst.

Oder wirst du dann noch immer am Leben, doch schwer verletzt, brüllend vor Schmerzen im Staub einer Er... (was ist das?) liegen?

Vielleicht aber auch wirst du dann irgendwoanders erwachen: gestorben und wiedergeboren.

Auch mag da ja kein harter Aufprall, sondern eine sanfte Landung sein.

Wie auch immer, was auch immer geschehen mag, jetzt geschieht dies alles nicht. Jetzt geschieht das, was eben auch geschah. Weiter und immer weiter geht dein purzelnder Fall.

Du vergisst alles, was du eben noch dachtest, was vorher war.

War denn irgendetwas zuvor? War denn irgendwann alles anders? Ändert sich jemals etwas?

Alles ist, wie es ist. Alles ist wie immer. Alles ist ein ständiges Fallen.

Ich lebe. Ich denke. Mein Herz schlägt laut und klar und regelmäßig.

Mein Gott, wirrer und irrer werden meine Gedanken: »Fall, Fall ohne Hall, fall` und prall' auf Erd' und Wand, Sand und Hand, Hall und Fall ...«

Jetzt schläft er, der dort nach hinten purzelnd sich überschlagend und überschlagend und überschlagend immer weiter durch die Schwärze des Raumes treibt.

Und wie du weißt, träumen die Schlafenden.

Höllenträume träumt der Purzler und sicherlich keine Träume vom Purzeln am Hang, wo du nach kurzem Fall wieder festen Boden unter dir hast. Solche Träume träumt der Purzler nicht.

»In meinem nächsten Leben wird mein Vater ein Schneider sein!«, meint die Tochter des alten Mannes in Hemingways *Der alte Mann und das Me*er.

Aber da irrte sie sich gewaltig.

Sich dachte sie wieder als Tochter und Frau.

Das war der erste Irrtum. Und ein weiterer folgte.

Doch, doch, sie wurde tatsächlich wiedergeboren, nicht als Ameise, nicht als heilige Ratte, tatsächlich als Mensch. Doch nicht als Tochter, sondern als *Sohn* eines Fischers.

Und was wurde sie wohl, wie auch ihre Eltern und Großeltern und alle zuvor?

Genau!

So kann's also gehen mit Wünschen und ihrer Erfüllung, hier und andernorts, während des Lebens, davor und danach.

Doch Qual und Pein wäre es nur, ist es, wenn sich der Mensch an sein vorheriges Leben und seinen Wunsch erinnerte.

Tut es der Fischersohn?

Guantanamo Bay heute und viele andere Orte zu vielen Zeiten.

Da schlagen sie diesem vermeintlichen Terroristen, diesem Kerl aus dem Irak mit dem Gewehrkolben voll in die Fresse, treten ihm in die Eier, reißen Blätter aus dem Koran und spülen sie vor aller Augen das Klo hinunter. Andere ziehen sie aus, posieren mit ihnen vor der Kamera und ziehen an der Hundeleine.

»Allah ist gerecht!«, brüllt und weint der Gefolterte. »Wie du mir, so dir.«

»Ich weiß, was richtig ist. Ich richte, wen ich will. Ich halte mich nicht an das Völkerrecht. Ich folge den Empfehlungen der UNO nur, wenn die Vereinten Nationen sagen, was mir passt«, ruft der Präsident der USA* hinaus in die Reportermenge.

Die ist ganz baff über so viel Offenheit und Ehrlichkeit.

»Du willst sein wie Gott?«, brüllt ein gigantischer Mund, der sich aus einem der Zuschauer formt, zurück.

Dann passiert es, so ähnlich wie andernorts zur gleichen Zeit, doch hier nicht abgeschirmt, sondern in aller Öffentlichkeit. Trotz der zahlreichen Sicherheitsleute geschieht es: Irgendwer oder irgendwas haut dem Präsidenten eine voll in die Fresse.

Da vergeht ihm sein texanisches Grinsen - und für einen Augenblick der Gedanke an den Endsieg im Irak und die geeinte Erde unter der Herrschaft der USA, versteht sich.

Dann kommt der Tritt aus dem Nichts in die Eier - die Sicherheitsleute wurden längst hinweggefegt.

*: Ein gewisser Mr Tree (Name vom Lektor geändert).

Hui, da sackt er gar jämmerlich zusammen! Wie er da jetzt so hockt und sich vor Schmerzen windet!

»Und den hielten wir für mächtig? Das ist ja nur ein Menschenmann!«, lachen Frauenstimmen irgendwo aus der Menge.

Jetzt ist die Bibel dran. Unsichtbare Füße trampeln auf ihr herum, unsichtbare Hände reißen Seiten heraus, die brennen und bohren sich in das Gesicht des Präsidenten. Es sind die Zehn Gebote.

Eine Muslimin aus dem Irak wird vor aller Soldatenaugen entkleidet, geschlagen und beschimpft - was sie aber nicht versteht. Dann nimmt ein kräftiger Farbiger sie sich vor und infiziert sie auch noch mit AIDS, - was er noch nicht weiß, haha!

Zur gleichen Zeit hält die Sprecherin des Weißen Hauses* eine Rede vor der EU. Und schon werden ihr in aller Öffentlichkeit die Kleider vom Leib gerissen, geschlagen wird sie und in arabischer Sprache von einem Unsichtbaren beschimpft. Dann wird sie vor den Augen der Kameras vergewaltigt. Und niemand kann etwas dagegen tun.

So begann die Zeit der Wahrheit für all die heuchelnden und verlogenen Politiker »da oben«. Oben sagt man ja, doch sind sie eher Marionetten an den Fäden der Puppenspieler, der großen Konzerne, wie wir ja wissen.

Denn nun sahen sie, hörten sie, fühlten sie wahrhaft das Leid so vieler Menschen, ihre Armut und den Tod.

Plötzlich fanden sie sich unter anderem Namen mit anderen Gesichtern mutterseelenallein in einer fremden Stadt auf einer ALG2-Stelle wieder. Eineurojob ist der

*: Eine gewisse Mrs Corn (Name vom Lektor geändert).

Name, den jeder hierzulande kennt, den sie jetzt verrichten durften. Manch einer hatte da noch Glück, denn in seiner neuen Heimatstadt bekam er sogar 1,25 EUR, natürlich zusätzlich zur wahrhaft komfortablen Grundsicherung mit Krankenkasse und Einzahlung zur Rentenversicherung hinzu und brauchte lediglich 30 Stunden in der Woche zu arbeiten. Papieraufsammeln in der Fußgängerzone war angesagt: »Weg mit dem Dreck!«

Tja, das war mal ein Wandel auf Erden.

Und in der Hölle, einer von vielen weiter unten, die für Menschen *nach* ihrem Leben zuständig ist, brach ein großes Gelächter an.

Und welch Wunder, auch der Himmel jubilierte.

Jetzt hebt sie ihren kahlen Kopf, dort hinter den Fenstergittern, jenseits des Tores, das den blauen Himmel zeigt und die gitterne Kuppel, jenseits dieses Tores aus zerbrochenem Stein.

Und ihre Brüste sind nicht mehr schlaff, auch siehst du ihre Rippen nicht mehr.

Ihre schwarzen Augen schauen dich an.

Da ist kein Weiß und kein Blut in Adern.

Schwärze schreit dir entgegen.

Du willst dich zur Flucht abwenden, doch du bist erstarrt.

So wachsen ihre Augen und ziehen dich an.

Jetzt verschlingen sie dich, schluckt dich ihr Mund.

Kopf voran tauchst du in ihren heißen Atem ein.

Dann fällst du tief - deinen eigenen Höllen entgegen.

Wir sehen, wir hören, wir riechen, wir tasten, wir fühlen.

Wir sind mitten unter euch.

Gesandte sind wir und Teile des EINEN.

Denn wir alle sind aus IHM.

Wir sind die gefallenen Engel.

Wir sind die Heuschreckenschwärme, doch auch das Gras und das Getreide sind wir.

Wir tragen die Körper von Menschen, Hunden und Katzen. Ratten und Tauben, Grillen und Spinnen sind wir.

Mitten unter euch sind wir.

Wir fühlen, wir tasten, wir riechen, wir hören, wir sehen.

Tolle Regelung, passt ja wunderbar in eine Höllen-welt, denkst du und bist gar nicht so begeistert, wie es bei deinem Lachen einem Außenstehenden vielleicht er-scheinen mag.

Zum einen werden die Reichen immer reicher und die Armen immer ärmer, zum anderen gibt es lustige Dinge, die überhaupt nicht lustig sind. Zum Beispiel werden da fast Blinde und Taube von den Rundfunk- und Fernseh-gebühren befreit.

»Das ist doch mal eine gute Tat!«, kichern die klei-nen Teufel, die es den Menschen diktierten, die schein-bar die Regelungen schufen, und sind mächtig stolz dar-auf, wahre nächstenliebende Christen zu sein.

Andere in der Verwaltung sind da weniger begeistert, ja geradezu empört über diese vielen Ausnahmen, denn abgesehen von den vielen Schwarzsehern und -hörern, die es nun mal gibt, zahlen jetzt auch noch so viele Men-schen ganz legal keinen einzigen Cent: »Erst die vie-len gebührenbefreiten ALG2- und Sozialhilfeempfänger und dann auch noch diese sogenannten Behinderten!« Da kommt ja nun gar nichts mehr an Einnahmen rein. Kein Wunder, dass die armen öffentlichen Sender so vie-le Werbesendungen laufen lassen müssen - und natür-lich hinter denen her sind, die da einfach nichts zahlen wollen.

Wieder andere ahnen Schlimmes - nicht wahr, ja, das ist dir gewidmet, lieber Herausgeber und Verleger mit Namen Rainar Nitzsche -, denn du bekommst *ALG1*, einst einfach nur Arbeitslosengeld genannt, doch 60% vom Nettolohn, der 80% vom untersten Arbeitergehalt betrug, das sind bei deiner geringen Miete gerade mal 10 € mehr, als es bei ALG2 wäre.

Ja, dachtest du, dann werde ich demnächst wieder GEZ zahlen dürfen, denn der Passus *Menschen mit geringem Einkommen* ist plötzlich einfach so entfallen.

Das war deine Befürchtung.

Sie wurde erfüllt.

Denn in der Hölle muss alles seine Ordnung haben. Und so ist es.

Und einige der Geprellten, ach so reichen Armen lachen teuflisch und schon ziemlich irre: »Hihihi, je weniger ich bekomme, desto weniger gebe ich aus, Schulden hab' ich früher gemacht, müssen noch jahrelang abbezahlt werden. Wenn da noch mehr von meiner Sorte sind, Hunderte, Tausende, Millionen, hahaha, dann gibt's noch lange keinen Aufschwung. Und die Arbeitsplätze werden ins billige Ausland verlagert. Und Stellen werden hier und da und überall gestrichen. Und neue Mitarbeiter bekommen weniger Lohn, am besten gar keinen, denn der Staat, das heißt die steuerzahlenden Bürger und die kreditgebenden Banken, zahlt ja.

Und alle werden weiter jammern.

Und Regierungen werden wieder abgewählt.

Und die Linken und Rechten gewinnen Wähler hinzu.

Und jeder holt sich, was er braucht.

Und alle bescheißen den Staat und belügen und betrügen ihren Nächsten, wo sie nur können.

Welch herrlich höllisches Erdenjammertal!«

Ja, das ist klar. Gibt es kein Böses, so gibt es auch kein Gutes. Alles wäre eins und flach und gleich, eine Welt der Letzten Menschen (Friedrich Nietzsche).

Aber ist das möglich, wird das jemals sein?

Noch etwas anderes fiel ihm ein. Und das war dies: Siehst du, jetzt haben wir den Krieg der Waffen überwunden und Mord, Vergewaltigung, Folter so weit reduziert wie nie zuvor in der Geschichte der Menschheit. Also ist unsere Welt doch die beste aller Welten, zumindest die paradiesischste seit langem - und vielleicht auch wie nie zuvor?

Sei es so irgendwann, der Mensch muss träumen, um zu leben, sei es unser Ziel.

Eins aber fiel ihm dann irgendwann noch ein, eins hatten wir Menschen vergessen. Das war es, was wir nicht wussten: Auf einer anderen Welt, die irgendwie mit der unseren zusammenhing, nahmen die Kriege, Morde, Metzeleien und Betrug, Lüge und Verrat immer mehr zu. So höllisch war diese Welt, die wir *Edre* nennen wollen, nie zuvor gewesen.

Wie kann das sein?, fragten sich die letzten guten *Nehcsnem* dort und fanden keine Antwort.

Ich aber, der ich dies alles erträumte, ich aber erinnerte mich an die Lehre von Yin und Yang und vom TAO und verband damit die Idee von den verbundenen Welten.

Mein Gott, dachte ich, was haben wir ihnen nur angetan! Je besser das Leben für die einen auf der einen Welt wird, desto schlechter wird es auf der anderen.

Dann aber wachte ich auf und sah unsere Welt so, wie sie heute ist: so beschissen und ungerecht und voller Lug und Betrug. Da musste ich lachen. Schön ist's auf der Welt dort drüben, die ich *Edre* nenne.

Ja, du hast es getan.

Denn Stimmen waren da - in dir.

Stimmen sind in dir. Zunächst murmeln sie nur, dann summen sie und schließlich brüllen sie dir die Worte zu: »Sing ein Lied! Sing ein Lied! Sing ein Lied!«

Also singst du.

Doch die anderen, die in den weißen Kitteln, sie kommen gerannt und rufen dir zu: »Hör auf zu kreischen! Halt endlich dein Maul! Sonst gibt's eins drauf!«

»Ich muss es tun«, schreist du zurück, »ihr Scheißkerle! *Ihr* fickt mich nicht, *ihr Hurenweiber!* Ich habe euch erkannt und sehe euch nun in eurer wahren Gestalt. Ich weiß, wer ihr seid. Ihr alle seid Dämonen aus den Höllen!«

Ein Dämon muss dich mit seinen Giftklauen in den Arm gebissen haben, denn du erinnerst dich an nichts, was nach all dem Brüllen geschah.

Bin wohl weggetreten. War ich bewusstlos oder schlief ich nur? Ach, ich träumte ja.

Jetzt aber bist du wach und erinnerst dich an einen Traum, der letzte muss es gewesen sein - von wie vielen? -, einen Traum, in dem Menschen anderen Menschen Dinge über Höllen erzählen, in denen sie gar nicht waren, denn wären sie dort gewesen, könnten sie sich nicht daran erinnern.

Namen tauchten auf, Menschennamen für Höllengötter, für die Herrscher der Unterwelten.

Das ist es, wovon du träumtest, zwei Dinge ineinanderverschachtelt, wie es so in Albträumen geschieht.

*: Fortsetzung von: *Sing ein Lied!* in: Olaf Olsen: *Die Meere des Wahnsinns.*

Das eine geschah in einer Fußgängerzone - also zu einer Zeit an einem Ort.

Zu anderer Zeit aber war da eine Göttin mit Namen *Hel*.

Du bist *Halja* und *Hella*, die Herrscherin der Unterwelt, des unterirdischen Totenreichs, der Hölle, die deinen Namen trägt.

Loki zeugte dich mit der Riesin *Angrboda*.

Du bist die Schwester von *Fenrir* und der *Midgardschlange*.

In deine Totenwelt gelangen all die Wesen, die nicht in Schlachten fielen, sondern ruhmlos starben.

Und deshalb kämpften einst die Germanen mit Todesverachtung, wie es heute die fundamentalistisch islamischen Selbstmordattentäter tun. Denn auch sie hoffen aufgrund ihrer Taten als Kämpfer das Paradies, *ihr* Paradies posthum zu betreten.

In *dein* Totenreich gelangten einst aber nicht nur Menschen, sondern auch Götter.

Da kennen wir doch diese Horrorfilme.

Von unten kommen die Dämonen hoch, um unsere Seelen zu fangen, weil sie Räuber sind.

Also sind wir ihre Beute?

Ja und nein!

Doch auch andere sind hinter uns her. Denn auch Marsmenschen und Aliens von den Sternen kommen auf die Erde. Sie alle aber kommen aus dem Weltraum, also von oben und außen auf die Erde hinunter, weil es doch so schön hier ist, ein Paradies? Also ist es bei ihnen so schrecklich? Denn das Wasser ist gegangen, ausgetrocknet ist ihr Planet - der Mars.

Dabei ist alles doch ganz anders.

Hier unten auf Erden leben die Ausgestoßenen, die Verdammten, *Luzifer*, der schon lange kein Licht mehr trägt und es doch vielleicht den Menschen einst gab, er und seine Kinder, die sich Menschen nennen, zusammen mit den Tieren und Pflanzen, Pilzen, Bakterien und Viren.

Und wirklich niemand, der bei Gefühl und Verstand ist, niemand sonst irgendwo in diesem und allen anderen Universen wird aus freien Stücken hier zu uns runterkommen!!!

Endlich hatte er es geschafft.

Ja, jetzt thronte er hoch oben über allem und allen.

König?

Nein! Wenn schon, denn schon. Zum Kaiser über alle Menschen dieser Erde hatte er sich gerade krönen lassen. Himmel, welch ein erfüllter Traum!

Alle jubelten sie ihm jetzt zu, überall und live in allen Medien der ganzen Welt.

Doch dies alles war nur die Ruhe vor dem Sturm.

Immer öfter kamen sie, in Gruppen und Scharen, in Massen: Empfänge, Ratschläge, Interviews, Veranstaltungen. Alle wollten sie ihn für sich haben - 24 Stunden am Tag, sieben Tage in der Woche, den ganzen Monat, das ganze Jahr. Und das über Jahre.

Das machte ihn fertig.

Irgendwann hörte er es irgendwo flüstern: »Weißt du denn nicht, dass dies die Hölle ist, eine Hölle, deine eigene, ganz persönliche Hölle, die du dir selbst erschaffen hast? Du bist ein ganz, ganz armer Mensch, ein wirklich armes 'Schwein'.«

Er sah sich um, Filme fielen ihm ein: *Angel Heart, Jacob's Ladder.*

»Wer bin ich?«, schrie er in die erlöschenden Lichter seines Prunksaales.

»Was habe ich getan?

Wie kam ich hierher?

Wo bin ich nun?«

Dann fiel er.

Doch all die anderen um ihn herum weckten ihn wieder auf. Und alle kamen und wollten etwas von ihm und ließen ihn reisen und Hände schütteln, Autogramme geben, Reden sprechen und ..., bis er wieder kollabierte.

Doch sie päppelten ihn wieder auf.

Und so ging es fort und fort und fort. Und es hatte einfach kein Ende. Denn weit fortgeschritten war die Medizin zu jener Zeit. So ersetzen sie alle alten Organe, gaben seinem Geist neue Körper, immer und immer und immer wieder.

Etwas hat dich getroffen.

Du schreist!

Niemand hört dich, niemand kann dich hören, niemand kann dir helfen.

Schalldicht isoliert ist der Raum. Hier dringt nichts raus!

Und nichts rein?

Das kann aber nicht sein!

Denn ... etwas hat dich getroffen. Und du schreist! Es ist im Zentrum deines Bauches. Und du bist allein in diesem Raum.

Jetzt siehst du an dir hinab. Dort steckt eine schwarze Lanze in dir, die noch immer zittert von ihrem Flug.

Sie singt dir dein Totenlied, die letzten Klänge hier unten, nein, hier oben auf Erden.

Dann rast deine Seele hinab in die Höllen, wo die immer brennenden Feuer nicht wärmen, sondern nur rösten.

Ach, sie sind ja der Fluch unseres Geistes! Höllen sind es, die wir uns ersannen und die nun, einmal erfunden, ewig bestehen.

Und noch immer fällst du hinab - ihnen entgegen, die da auf dich warten.

Der glühende Heizstab des Küchenherds ist zerbrochen.

Ich versuche es, aber weiß zugleich, dass es aussichtslos ist, den kriege ich nicht mehr zusammen. Also Mann, dreh das Gas ab, sonst fliegt das Haus in die Luft!, denke ich und tue es auch schon.

Meine Schwester aber meint: »Jetzt müssen wir aber frieren, im ganzen Haus gibt es nun keinen funktionierenden Ofen mehr, so geht das nicht. Wir müssen ihn reparieren lassen!«

Ich antworte ihr: »Jetzt am Freitag kurz vor Feierabend, da kommt doch keiner mehr.«

Szenenwechsel.

Vier Kerle sind im Haus, die irgendwo aus dem Knast ausgebrochen sind und uns jetzt gefangen halten.

Drei von ihnen kommen in den Keller.

»Schau mal da rein!« meint der eine, ist wohl der Boss, zu einem der anderen.

Der öffnet die Stahltür.

Höllenfeuer brennen dort.

Der Boss stößt den anderen hinein, schließt die Tür und lacht.

Ich aber sehe alles, tue nichts, bin mucksmäuschenstill.

Da stürzt auch schon der Dritte auf allen Vieren – ist wohl der Sklave, Diener seines Herrn - auf mich zu und hat mich fast erreicht, der ich da im Schatten hinter einer Scheibe zitternd kauere und alles sah, noch immer sehe.

Doch sein Herr zieht ihn zurück an einer Lei..., nein, ruft ihn zurück: »Komm, lass uns gehen, da ist nichts!«

Später geschieht es noch einmal so ähnlich wie zuvor - ewige Wiederkehr des Gleichen?

Ich sehe es und rette auch den zweiten nicht, der nun vom Boss ins Feuer gestoßen wird.

Und wieder geschieht es: Der Boss ruft den Dritten und stößt ihn lachend auf die gleiche Tour wie den ersten hinein.

Um keine Zeugen wofür auch immer zu haben, denke ich und sehe das dritte Opfer hinter der Ofentür brennen, die inzwischen glüht. Und die Glut breitet sich aus.

Ein einziges Flammenmeer ist nun der ganze Keller. Er aber, der große Boss, steht mitten drin, nun ganz allein, und lacht und lacht – schon bebt das Haus in seinen Festen.

Jetzt weiß ich, dass er kein Mensch ist, sondern ein mächtiger Dämon.

Ich aber bin ein Mensch und kann nicht wissen, nach welchen Gesetzen Dämonen handeln. So wache ich noch vor meinem Wecker aus meinem Alb auf, gehe aufs Klo, entleere meine Blase, lege mich wieder hin, werde dann vom Radiowecker geweckt, höre die News, schalte die Elektrodusche in der Küche an, mache Tee, schreibe alles auf und wundere mich, was ein elektrischer Heizstab in meinem vom Sozialamt gestifteten Gasherd verloren hat und wieso ich bei meiner Schwester im Haus wohne. Und überhaupt ...

Doch ein Traum ist ein Traum ist ein Traum.

»Ist es in der Hölle heiß?«, fragten mich einst in der Fußgängerzone einer kleinen Stadt die *Zeugen Jehovas,* die nicht wissen, dass der Name GOTTes nicht Jehova, sondern JAHWE buchstabiert wird. Und ob sie SEINE Zeugen sind? Doch, ja, sind wir das denn nicht alle? Und Namen sind ja Schall und Rauch.

Sie also begegneten mir einst. Meist stehen sie ja nur still mit ihrer Zeitschrift *Wachturm* in den Händen da. Viele Jahre zuvor wollten sie von mir einmal wissen, warum die Giraffe einen so langen Hals hat. Den könnte sie doch nicht so einfach durch Strecken erhalten haben, sondern nur durch den Schöpfungsakt GOTTES. Vielleicht sprachen sie auch dich einmal in ähnlicher Form an?

Jetzt und hier aber ist alles ganz anders.

Denn ER, dessen Namen man nicht nennt, ER, der die Hölle sehr gut kennt, ER gesellt sich nun in Menschengestalt zu ihnen.

»Nun, wie ist es denn so dort unten in der Hölle?«, fragt ER sie scheinbar interessiert.

Ach, wie sie sich freuen. Endlich ist da ein Mensch, der nicht vorübergeht wie all die anderen, die da hasten und rennen, denn sie haben keine Zeit, können es nicht erwarten zu sterben.

Und die *Zeugen Jehovas* reden und reden und reden. Denn sie sind Menschenfischer, und da steht ein Mensch vor ihnen - denken sie.

Grinsend hört ER ihnen zu.

Sie bemerken es nicht.

Lächelnd hört ER ihre Worten, ihre Gedanken.

Dann verschwindet ER mit Donnergetöse vor ihren Augen.

Schwefelgestank hüllt sie ein.

Und SEIN tiefes Gelächter dröhnt endlos hallend in ihren Ohren.

Sie schreien, sie kichern, sie brüllen, sie reden nie mehr!

Irgendwann aber werden sie - wie wir alle - sterben.

Dann wird ER ihnen, *jedem* von ihnen seine ganz persönliche Hölle zeigen.

Dann werden sie wissen, wie heiß oder wie eisig kalt es in der Hölle, in *ihrer* eigenen Hölle ist.

ER hat es sich schon ausgedacht. ER sah sie schon dort. Deshalb musste er so lachen.

So viele Höllen sind in der Ewigkeit!
So viele Höllen existieren in allen
Universen zu allen Zeiten!
So viele Höllen leben in allen
Wesen, also auch in dir!

Doch du weißt es nicht und nennst die Erde deine Welt und wunderst dich seltsamerweise nicht, dass da die Bösen, die lügen und betrügen, sich einschmeicheln und anderen in den Arsch kriechen, die stehlen, schlagen und töten, dass sie überall in der Gesellschaft, der Wirtschaft und im Staat ganz oben sind, an den Hebeln der Macht, was auch immer »Macht« bedeuten mag.

Du aber bist nicht unter ihnen.

Du bist (fast) ganz unten.

Du arbeitest den ganzen Tag und bist angeblich arbeitslos, also ein Drückeberger und Asozialer, der von der Sozialhilfe lebt, für die die vielen anderen - besonders die ach so armen, multinationalen Konzerne! Hahaha! - ihre Steuern zahlen.

Du erinnerst dich bisweilen, dass du nicht nur ein Mensch in dieser Welt bist oder aber nicht immer ein Mensch dieser Erde warst, nicht immer einer sein wirst.

Denn da sind die Engel des HERRN, vielleicht sind es auch Wesen anderer Dimensionen - nenne sie, wie du willst! - viele Namen gibt es für sie! - denn da sind die Engel des HERRN, die hinabgesandt wurden und sind und werden, um zu sehen, zu hören, zu riechen, zu fühlen, zu leiden.

Du erinnerst dich bisweilen an diese, deine Vergangenheit. Dann weinst du Tränen, dann und wann, so beim Betrachten des Gemäldes, das GOTT als bärtigen Mann mit ausgestrecktem Arm und Zeigefinger zeigt.

Wie ER die Menschen beseelt, heißt es. Oder wirft ER sie aus dem Paradies? Oder ist dies alles identisch und das Paradies war die Natur, in der wir doch nach wie vor als biologische Wesen leben? Und dieses Bild von GOTT - lautet nicht ein Gebot der Bibel (und des Koran), dass du dir kein Bildnis von IHM machen sollst - also lieber Michelangelo, so grandios deine Werke auch sind, das ist kein Bild von GOTT, sondern ein Bild eines Menschengottes - also nur eines Teils von IHM!.

Oder aber ER verbannt *einen* SEINER Erzengel aus den Himmeln und gibt ihm die Hölle, denkst du. Und nun sind sie, die Engel des Herrn der Hölle, seit Jahrmillionen hier unten auf einem kleinen blauen Planeten, der den Menschennamen Erde trägt.

Und du, liebe(r) LeserIn dachtest immer, die Höllen wären fern und heiß, aber sie sind kalt und nah, überall in uns und um uns herum.

Ich sah ihn am Abend.

»Was ist mit dir?«, fragte ich ihn.

Denn rot glühten seine Augen in der Dämmerung.

Nein, nein, sie reflektierten nicht einfach so das Licht des untergehenden Sonn oder irgendwelcher Feuer hinter mir. Sie leuchteten selbst, ganz so, wie wir es von Werwölfen und vielen anderen Monstern aus den Horrorfilmen kennen. Feuer brannte in ihnen mit lodernden Flammen.

Er schien keine Schmerzen zu verspüren, sah mich einfach nur lächelnd an und sprach: »Schau, meine Augen brennen!«

Und ich sah ihn an.

Und seine Augen brannten.

Dann trafen sich ihre Feuerstrahlen - lasergleich - im Zentrum meiner Stirn.

So fällt nun mein verbranntes Fleisch. Ich sinke zu Boden.

Und mir ihm gehen all die Höllen meiner Ängste und Begierden?

So steige ich nun auf als Feuer und Rauch.

In die Himmel meiner Sehnsucht?

Doch halt!

»Nicht so schnell!«, spricht er und fängt mich mit langer klebriger Zunge ein, als wäre meine Seele ein Schmetterling und er ein Chamäleon. Und schon schlingt er mich hinunter.

Irgendwann und irgendwo mag es irgendwie geschehen, dass all die unzähligen in ihm gefangenen Seelen freigesetzt werden und ihn mit sich ziehen und sie alle dann lautlos in das weite schwarze, sternenerleuchtete

Meer fallen, um in einer anderen Welt wiedergeboren zu werden. So jedenfalls geschieht es in den Menschenbüchern und Filmen. Denn das Gute muss siegen.

Ist es aber so?

Feuer lodern hier überall in der Kälte.

Stalagmiten und Stalaktiten aus Kalk wachsen einander von unten, von oben entgegen.

Und Trommeln dröhnen aus der Schwärze!

Dann geschieht es: Immer, wenn sie ein Licht erblicken, schreien sie vor Entsetzen auf.

Und wenn einmal das dröhnende Trommeln aussetzt, siehst du sie weinen.

Sie rasen herum und tanzen und rennen hin und her und her und hin, ohne Sinn?

»Wer sind sie?«, fragst du mich.

»Menschen sind es, Menschen von heute!«, antworte ich dir mit donnernder Stimme.

ER aber, der aus einer anderen Welt hierher geworfen wurde, ER weint bei all dem Lärm und Dunkel, weint in der Kälte und schluchzt unhörbar im Getrommel.

SEIN Gesicht schaut mich an - aus meinem Eisspiegel an der Wand.

SEINE Augen sehen mich aus einer Welt ohne Tiefe.

Und ICH hier draußen bin ER dort drin!?

Dies alles geschieht - einen Augenblick - eine Ewigkeit lang.

Dann endet die Stille in meinem Zimmer auch schon.

Ich sehe, höre, fühle sie wieder: Trommeln aus der Schwärze, Stalaktiten und Stalagmiten, Feuer in der Kälte, Eis brüllt auf in den Flammen.

Du erwachst irgendwo im Nirgendwo. Dort liegst du auf dem Rücken.

Dicht über dir grinst dich eine Fratze an.

Nicht von dieser Welt, denkst du, da aber irrst du dich gewaltig.

Das Monster öffnet seinen Mund: blitzende Zähne, wie Klingen aus Stahl, nadelspitz im flackernden roten Feuerschein. Dann ist es auch schon verschwunden.

Aus den Augen - aus dem Sinn?

Gott sei Dank, es ist weg. Du reibst dir deine Augen, schließt sie, öffnest sie wieder.

Diese Albträume, denkst du noch, als ein wahnsinniger Schmerz deinen Bauch zerreißt.

Die Zähne, sie zerfetzen meine Därme.

Ein Kichern, wie von weit her aus der Ferne, während du vor Schmerzen brüllst.

Du hörst nicht auf zu schreien.

Und dann das Schmatzen dort unten.

Es frisst mich auf. Gleich wird alles vorüber sein, gleich werde ich ohnmächtig werden oder aber sterben.

»Komm Tod!«, flehst du deinen Erlöser an, »bitte, bitte, lass es enden!«

Aber da irrst du dich schon wieder. Denn niemals werden deine Qualen aufhören. Niemals wirst du in seliger Ohnmacht entschlafen. Niemals wirst du wieder sterben.

Denn hier ist Folter ohne Ende. Hier ist das kichernde, grinsende Wesen daheim.

Du aber bist hier nur Gast. Und für Gäste wird immer bestens gesorgt, für immer und ewig bestens gesorgt.

Jetzt begreifst du. Jetzt weißt du, dass du die Herberge mit deinem Fleisch bezahlen musst, dass es, dass sie alle hier dafür deine Schmerzen wollen, an denen sie sich weiden, von denen sie sich nähren, diese wahnsinnigen Schmerzen, die eben erst begannen, die nun niemals mehr enden werden, es sei denn für einen Augenblick der Erholung, um dann um so intensiver von Neuem zu beginnen. So soll Folter sein. So ist sie jetzt und hier.

»Ich will hier raus!!!«, schreist du.

Ein Kichern ist die Antwort, leises hämisches Lachen, das sich immer und immer wieder wiederholt. Dann nur noch grölendes Gelächter.

Irgendwer flüstert dir direkt ins Hirn: »Hier kommt keine Maus mehr raus! - Und auch kein Mensch!«

Und alle, wer oder was sie auch sein mögen, der ganze Höllenchor, sie alle singen: »Maus mehr raus, Maus mehr raus, aus diesem Haus kommt niemand raus.«

Ich bin gestorben, erinnerst du dich, und bin doch nicht tot, sondern wiedererweckt in einem Folterraum erwacht. Also bin ich in der Hölle. O mein Gott, was habe ich nur getan, weshalb ich jetzt so büßen muss?

Und wieder ist da so nah dicht über dir die grinsende Teufelsfratze. Doch diesmal - nie ist es wieder so wie beim ersten Mal, das gilt auch für die Hölle - diesmal glänzen ihre Zähne nicht mehr frisch poliert und spiegelblank, denn Blut, *dein* Blut tropft, rinnt, läuft in Strömen auf dein Gesicht herab.

Jetzt visiert der Dämon deine Nase an und - beißt zu.

Blut sprudelt und läuft dir in die Augen.

Schreie ich?, fragt da irgendwer in dir. Denn dein kleiner jämmerlicher Schrei aus voller Kehle geht dort draußen in der Kakophonie und dem Tohuwabohu all der anderen gepeinigten Körper und Seelen unter.

Stunden später -
oder sind etwa erst Minuten vergangen?

Längst hast du alle Knöpfe ausprobiert und das Nottelefon bemüht.

Vergeblich.

Noch immer fährst du / fällst du mutterseelenallein in dieser nun gläsernen, runden, knopflosen, leuchtenden Kabine in die Tiefe.

Du versuchst dich daran zu erinnern, wo du eben noch warst: Wie kam ich hierher? Was geschah? Was war zuvor oder war alles immer schon so, wie es jetzt ist?

Bilder blitzen kurz in dir auf.

Ob es Erinnerungen sind?

Oder sandte sie dir irgendwer?

Es sind Bilder von Aufzügen, die nicht rasend hinunterfallen, sondern langsam, zeitlupenhaft wenige Meter nur in Gebäuden hinabkriechen und - auch genauso »schnell« wieder hinauffahren.

Ja, Fahrstühle, die keine Stühle sind, sondern Kabinen, in denen Menschen stehen, gab es zu verschiedenen Zeiten an verschiedenen Orten in meinem Leben, fällt dir siedend heiß wieder ein. Da waren welche in Kaufhäusern - die benutzte ich selten, nur meine Großmutter, auf einem Augen blind, bevorzugte sie, ich fuhr lieber auf Rolltreppen hinauf und hinab. Dann gab es Aufzüge in Hochhäusern, im roten Studentenwohnheim und dem privaten blauen Nachbargebäude in meiner Studienzeit. Auch war da ein Aufzug in der Buchhandlung in Neustadt und auch einer, nein, es waren ja sogar zwei in der Stadtbibliothek.

Ob ich da mal gearbeitet habe?

Du erinnerst dich: Dort fing alles an - natürlich be-
gann es viel früher mit deiner Geburt oder noch viel frü-
her mit den Geburten und Leben und Toden zuvor und
dem Urknall und ...

Dort geschah es ja, dort hattest du schon vor langer
Zeit die Vision von einem Sturz hinab, einem endlosen
Fall, doch nicht mit / in der Kabine wie hier und jetzt,
sondern - ohne sie.

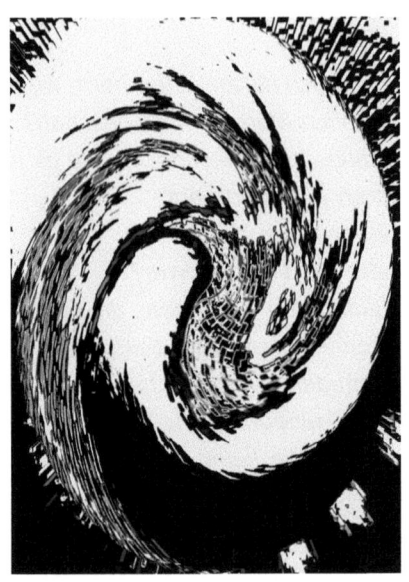

Fortsetzung s. Abzug (3)

Also zogen sie durch die Weiten des Alls.

Nein, nicht von einer Galaxie zur nächsten, wie so manch ein armer Mensch in seinen Größenwahnsinns-träumen oder mit seinem ach so begrenzten Affen-Klein-gruppen-Verstand glauben mag. Sie reisten nur inner-halb dieser einen von ach so vielen Millionen Galaxien, der die Menschen den Namen *Milchstraße* gaben. Hier zogen sie von Welt zu Welt.

Wer sie waren? Woher sie kamen?, das alles willst du wissen.

Ich weiß es nicht, also kann ich es dir nicht sagen. Mag sein, dass ich es einmal vielleicht wusste, damals als eine Traumstimme es meiner Seele einflüsterte. Wenn es aber denn so war, so habe ich es längst wieder verges-sen. *Du* jedenfalls wirst es niemals erfahren.

Jetzt bist du empört. Doch so ist das eben mit den meisten Dingen im Leben – ganz im Gegensatz zu den hübschen Geschichten in Büchern und Filmen mit dem Happyend für die Helden, die alle Geheimnisse ergrün-den und dabei zahlreiche Abenteuer (fast) ohne einen Kratzer - welch Wunder, wo doch keiner richtig zuschlägt, sticht und schießt - überstehen, wo so ganz nebenbei viele andere Menschen sterben, aber die kümmern dich als Leser oder Zuschauer ja einen Dreck, denn sie haben keine Familie, kein Leben, sind nur Abziehbilder, reine Statisten, und du kennst sie nicht und wirst sie niemals kennenlernen. Kaum erschienen, sind sie auch schon weg – im Film natürlich.

Nur im Film?

Denn in der sogenannten Realität, wo ein ganzes Land - nein, nein, nicht die Erde oder die Häuser, die Menschen natürlich - in Hysterie verfällt, weil zwei kleine

Zwillingsmädchen ermordet wurden und überhaupt nicht reagiert, wenn die Meldung kommt, dass da im fernen Afrika 1000 Menschen auf einem Schiff ertranken, Hunderte bei der Flut in China starben, in der andererseits Millionen Menschen weltweit wirklich betroffen sind vom Untergang New Orleans in den Fluten, weil wochenlang in allen Medien davon berichtet wird, in dieser / unserer Realität ist ja alles ganz anders!?

Doch ich schweife ab. Fahre ich also damit fort, dir meine Eingebung, meine Nachtgedanken darzulegen: Es ging ja um diese Wesen, deren Herkunft wir nicht kennen und die durch die Weiten des Alls zogen.

Vielleicht entführten sie Menschen, meinst du, um irgendwelche Experimente mit ihnen zu machen und sie dann wieder in der Wüste auszusetzen. Oder sammelten sie Menschen von den Welten, die sie besuchten, für ihren Zoo. Das denkst du, weil *du*, weil *wir* es so machen würden - und werden?

Ja und Nein.

Ja, sie nahmen all die Wesen, nur die, die begreifen konnten, was da mit ihnen geschah, denn da würden die Qualen größer sein, von jeder Art dieser Wesen nahmen sie ein Exemplar oder ein Paar oder eine Gruppe, je nachdem, ob es sich um einzelgängerische oder soziale Wesen handelte.

Ja, sie nährten sie gut und hielten sie auch relativ artgerecht. Da könnte sich kein Tierschützer beklagen, wenn es denn da einen gäbe und er sich nicht nur für die anderen Tiere, sondern auch für das eine Säugetier unter vielen, für seine eigene Art, den Menschen, einsetzen würde.

Bei der Pflege ihrer gesammelten Wesen waren sie wahre Meister. Dann aber ... jetzt kommen wir zum 'Nein'.

Nein, da war kein Zoo, in dem die Wesen lebten, auch keine Manege, kein Zirkus und kein Theater, also auch keine Zuschauer?

Sie sahen ihnen nicht zu, doch spürten sie alles, was die gesammelten Wesen empfanden.

Und so begann - die Folter.

Siehst du, deshalb weine ich jetzt spät in der Nacht, weil ich die Schreie all dieser Kreaturen höre und ihr Flehen und Brüllen, all ihre Schmerzen, die nicht enden wollen, die nur für allzu kurze Zeit gelindert werden, um dann wiederum um so stärker von neuem zu beginnen.

Und jedes Wesen schreit seine Schmerzen in einem anderen Ton. Jede Art und jedes Geschlecht und jedes einzelne Wesen hat seine eigene, unverkennbare Stimme, denn es ist einmalig und einzigartig. Sie alle aber bilden zusammen den Chor dieses galaktischen Orchesters, das sich die Reisenden - so will ich sie nennen - auf ihrem Weg von wo auch immer nach irgendwohin - falls denn da ein Ziel sein sollte, vielleicht sind sie ja Nomaden - zusammenstellten.

Das ist Hölle, eine der Höllen ist das, die sich immer wieder wiederholt.

Von ihrer Pein, von ihren Qualen nähren sie sich, diese Teufel, wie ich sie hasse!

Oh mein Gott, jetzt erinnere ich mich: Sie sind so, wie *ich* einst *war* und schon lange nicht mehr bin.

Denn die Erde hat mich ihnen entfremdet, die mich einst hier auf ihr vergaßen, als wir uns ein Menschenpaar holten. Das war, das geschah vor langer, langer Zeit.

Kollateralschäden war eins der Schlagworte im Kosovo-Krieg der NATO für die Rückkehr der Kosovo-Albaner in ihre Heimat oder gegen Restjugoslawien, je nach Perspektive.

Ja, das alles geschah, nachdem die Weltgemeinschaft, die also wohl noch keine ist, wieder einmal zu lange gewartet, gezögert, versagt hatte. Aber lassen wir das. All dies inspirierte mich zu diesen Gedanken, setzte diese Wahrheiten in mir frei:

Die führende Macht X der Völkerallianz gegen den Aggressor entschuldigt sich in der kosmischen Öffentlichkeit, dass seine Planetenbombe beim Krieg gegen Y ihr Ziel verfehlt und nicht die Heimatwelt des Gegners, sondern ein unbedeutendes, abgelegenes, völlig zurückgebliebenes System mit primitivsten Lebensformen getroffen hätte.

Auf Nachfragen der neugierigen Journalisten und deren intensiven Nachforschungen wird dann doch zugegeben: Nun ja, es wäre nicht nur ein Planet gewesen. Alle Neune inklusive des Zentralgestirns plus Monde, Planetoide, Kometen und so'n Kleinkram gleich mit hätte die Bombe - ein Sonnenkiller - ausradiert. Bedauerlicherweise hätte es das falsche System getroffen. Nun ja, das sei halt einer von wenigen Kollateralschäden, wie sie bei Kriegen nun mal unvermeidlich sind!«

Und alle zeigten sich mit diesen Erklärungen zufrieden, bis auf den Botschafter von Y, der sich - wie nicht anders zu erwarten - empört zeigte, dabei hatte er doch allen Grund, froh zu sein, so glimpflich wie seine Welt davongekommen war, falls denn der Krieg nun wirklich für alle Zeiten zu Ende war.

»Nun gut«, mag der Erdenbürger im Jahr 1999 christlicher Zeitrechnung und auch noch später sagen, »was interessiert mich das? Das ist schließlich sonst irgendwo, wenn es denn überhaupt irgendwo geschieht / geschah / geschehen wird und nicht nur reines fgespinst ist. Im Kleinen passiert das auch hier unten bei uns, wie wir ja gerade aus Südosteuropa vernahmen.«

Das würde der Mensch auch ein wenig später noch sagen, wenn es ihn noch gäbe. Denn das, was er Sonn, Merkur, Venus, Erde, Mars, Jupiter, Saturn, Uranus, Neptun nannte, hieß in der Presseverlautbarung von X einfach nur *Alle Neune! Kollateralschaden.*

Jerusalem heute.

Juden und Palästinenser, genetisch so nah verwandt, aber im Glauben getrennt und als Bürger im Staat / in Staaten schlagen sich die Schädel ein. Nein, nein, nicht mit Schwertern und Äxten und Messern, wir sind ja schließlich alle, also auch sie (erstaunlicherweise!), zivilisiert. Deshalb benutzen sie als lebende Bomben Sprengstoffgürtel mit Nägeln und Schrauben und Autos mit Dynamit und zudem die bekannten und überall verwendeten Schnellfeuergewehre, Granaten, Raketen und vieles andere mehr.

Also ab in einem Raum mit ihnen, ohne Unterschied, ohne Ausnahme. Alle sind schuldig. Denn wenn sie aufhören wollten, hätten sie es längst getan, hätten die wenigen Radikalen keine Chance, keinen Rückhalt in der Bevölkerung. Aber es will ja keiner, also sind die anderen Schuld, also wächst aus Gewalt Gewalt, aus Rache Rache, aus Hass Hass. Alle sind sie schuldig, heute so, wie es auch einst zu Zeiten des Alten Testamentes der Bibel einmal war.

Also ab mit allen in einen geschlossenen Raum. Oder anders formuliert: Mauern ringsum - eine bauen sie ja schon zwischen sich zu der hinzu, die ohnehin in ihren Köpfen und Herzen ist. Dann alles verriegeln, versiegeln und ihnen Zeit zum Überleben oder Sterben lassen.

Schauen wir anderen hier draußen dann mal so nach 10, 100 oder 1000 Jahren nach, ob da wer noch mit wem in Frieden zusammen lebt. Es liegt ja ganz an ihnen.

Und wenn das mit dem Abschirmen von dem Rest der Welt nicht geht, weil sie - zumindest die Einen - nukleare und chemische Waffen besitzen, die sie benutzen könnten oder so viel Feuerkraft und Munition, um immer wieder auszubrechen, oder weil es so viele undichte, korrupte Stellen gibt und die Isolation nicht funktioniert, dann wäre wohl der leider uns noch nicht mögliche, augenblickliche Transport auf den Mond oder Mars eine bessere Lösung. Wurden nicht auch einst einmal Strafgefangene von England nach Australien gebracht?

Und während ich all dies dachte, fiel mir doch ein: Vielleicht ist diese Idee ja gar nicht neu. Vielleicht geschah das alles schon einmal vor langer Zeit. Unsere fernen Vorfahren waren vielleicht nicht von dieser Welt, sondern wurden einst aus einer Parallelwelt, aus dem Paradies heraus und in die Hölle hinein geworfen, der wir einen andern Namen gaben, die uns nun umgibt und ernährt, die unsere Mutter ist und die wir *Erde* nennen

Da erblickst du eine kleine Höhle, nicht weit entfernt.

Oder ist es etwa gar ein altes zerfallenes, moosbewachsenes in einen Berghang eingegrabenes Hexenhaus?

Du siehst es und verharrst im Lauf.

Es zieht dich magisch an.

Es zog mich an, rief mich hierher?

Du stehst noch immer still. Was wirst du tun? Was werde ich tun, denkst du und stehst nicht mehr still, sondern hast dich längst in Bewegung gesetzt. Schritt um Schritt näherst du dich an.

Jetzt hast du die Tür erreicht. Du gehst hinein.

Innen aber sind Türen auf allen Seiten, die alle geschlossen sind.

Wieder bleibst du unschlüssig stehen.

Schließlich öffnest du doch eine Tür. Wieder gehst du hinein.

Die Höhle, das Haus, ist erleuchtet, denn die steinernen Wände fluoreszieren bläulich.

Nach einiger Zeit haben sich deine Augen angepasst. Du kannst sehen. Du siehst. Du drehst dich im Kreis und ...

Schock! Ein Eingang ohne Ausgang! Die Tür in deinem Rücken ist verschwunden. Jetzt bist du ringsum von Wänden umgeben.

Eine Falle von vielen Fallen innerhalb der großen Falle, Leben genannt.

Also ist da doch ein Ausgang, fällt dir ein, ein Gedanke, der dich aber kein bisschen beruhigt. Denn der Name des Eingangs lautet *Geburt*, der Name des Ausgangs heißt *Tod*. Wie einfach doch alles ist. Dazwischen findet dein Leben statt. Jetzt erst verstehst du diese Selbstverständlichkeit wirklich. Irgendwer oder etwas hat dich hineingeworfen. Vielleicht warst du es ja selbst und wolltest wiedergeboren werden. Nun bist du mittendrin. Du lebst.

Ich werde sterben, denkst du. Das ist sicher. Alles andere aber ist dir noch unbekannt, wie gut! Manches von alldem, was kommen wird, was längst geschah, ist vorherbestimmt, vieles Zufall, denkst du. So geht es mir, so geht es allen. Eins nur bleibt uns allen zu tun. Wir gehen unseren Lebensweg immer weiter bis zum bitter-süßen Ende Tod.

Also drehst du dich noch einmal um dich selbst, diesmal linksherum.

Und siehe da, dort im blauen Höhlenflimmern leuchtet rötlich eine Tür.

Zaghaft berührst du sie.

Sie verbrennt dir deine Finger.

Also stößt du sie mit einem Faustschlag auf.

Du trittst ein.

Sie knallt donnernd hinterrücks zu.

Du drehst dich nicht um, nimmst es gar nicht mehr wahr.

Denn vor dir liegt und lebt eine unterirdische Welt, wo Lavaströme fließen.

Staunend stehst du Ewigkeiten.

Dann gehst du hinein. Längst brennst du lichterloh und schreist nicht und spürst es nicht. Denn hier warst du immer schon zu Hause.

All das Leid dieser und all der anderen Welten hörst, schaust und fühlst du - jetzt und hier.

Vor einem Augenblick noch spültest du bei geschlossenen Augen mit einem Schluck *Dornfelder*, der dir viel zu warm vorkam, genüsslich Mund und Zähne.

Ein wenig benebelt, benommen, trunken vom Wein magst du nun sein. Deshalb oder auch aus anderem Grund, weshalb auch immer - wer weiß das schon? - geschieht es hier und jetzt, was dir von Zeit zu Zeit passiert: Du weinst Tränen, die tropfen und fließen deine Wangen hinab.

Meine Seele weint und schreit.

Und so wächst es weiter an, denkst du, und denkst es nicht nur, sondern weißt, dass es so ist.

Leid gebiert Leid - immer wieder und immer und immer wieder.

Doch was kannst du, sollst du, musst du tun?

Denn du bist nicht der eine, noch ein anderer der Erleuchteten.

Dein Name ist nicht Buddha, noch bist du einer der Bodhisattvas, die auf das Eingehen in das vollständige Nirwana verzichten, bis alle Wesen erlöst sind.

Also trinkst du noch einen Schluck Wein und schreibst alles auf.

Und hier steht nun die überarbeitete Fassung von dem, was du damals festhieltst.

Er erinnert sich, jetzt, wo *Manowar* in seinen Ohren dröhnt und das Schlagen von Metall auf Metall, Schwerterklingen sollen es wohl sein. Er erinnert sich, wie es war, wie es geschah:

Er springt von irgendwo nach irgendwohin, nach unten. Er springt und überschlägt sich im Flug: Salto mortale! Ja, ein Purzelbaum in der Luft und noch einer und noch einer, dies alles in diesem einen gewaltigen Sprung. Es ist einfach unglaublich!

Aber Magier vollbringen magische Dinge. Tödlich können sie auch sein, sind sie bisweilen, sind sie jetzt, doch nicht für den Springer, sondern nur für die, die da auf ihn gewartet haben. Denn das Schwert in seiner Rechten trinkt Blut, Köpfe rollen.

Er springt, und noch immer währt der Flug und hallen die Schreie der fallenden Köpfe, von denen einige noch leben, alles sehen, alles hören und alles fühlen!

Zuckende Körper, die ebenfalls fallen, aber langsamer als er, im Zeitlupenfall zur Erde sinken.

Manche verlieren nicht ihre Köpfe, nein, einfach nur ihre Mitte, denn Oberkörper und Unterleiber sind getrennt, zerschnitten. Und ihre Glieder sind längst abgefallen: Arme, Hände und Beine und ...

Diese Teilungen! Das ist ja einfach fantastisch für den, der da im Kino sitzt und alles schaut. Ja, für den.

Er erinnert sich an alles - jetzt.
Er weint.
Diese Ströme von Blut!
Mein Gott!
Ich habe *sie alle* getötet!

Wer auch immer ich damals dort war!

Wo auch immer dies alles geschah!

Und deshalb lebe ich jetzt heute und hier und bin das, was ich bin.

Eisige Kälte liegt über der Stadt. Und die Straßen sind leer. Kein Leben, nirgendwo, überall aber parken Autos.

Wo sind denn nur die Menschen geblieben?, fragt er sich verwundert, der da so alleine durch die Nacht wandelt, vermummt mit Mantel, Schal und Fausthandschuhen, doch mützenlos. Denn sein Haar, das ließ er wachsen, dazu noch einen vollen Bart - beide zusammen bilden sie sein kleines Kopfwinterfell.

Wohin er geht, willst du wissen?

Er ist zum Kino unterwegs, wieder einmal, wie schon so oft, - und nichts passiert. Was sollte auch gescheh...

Reingelegt! Noch immer geschieht nichts!

Wir sind doch hier in einer kleinen Stadt in der Pfalz und nicht in Hollywood, L. A. oder sonst irgendwo im Wilden Westen und in weiter Ferne.

Ein wenig später sitzt er schon im Café, die Kinokarte bereits in der Manteltasche - Montag ist Kinotag - und wartet auf den Einlass zu *Copykill*. Action soll's geben, Sigourney Weaver ist als Schauspielerin dabei, die ist ihm doch gut aus *Alien* bekannt, auch soll da noch ein Serienkiller sein Unwesen treiben. Das ist alles, was er bereits weiß, bevor der Film beginnt.

»Möchten Sie was trinken?«, lautet die Frage.

»Nö!« ist seine prompte Antwort.

Denn er hat bereits den Kugelschreiber gezückt, auch das grüne Schmierpapier - für Notizen unterwegs, noch auf die alte Art, Schmierpapier, da nur eine Seite frei ist, die andere ist bedruckt mit der Werbung für das erste Spinnenbuch, das er nicht selbst schrieb, welches aber in seinem kleinen Verlag erschien.

Jetzt hört er es und ... sieht es mehr noch: Es ist ein Brausen, das immer lauter in seinen Ohren rast.

Schon ist es ein Sturm.

Erst die Bäume, denkt er.

Blätter fliegen.

Seltsam, mitten im Winter ist Laub an den Bäumen?

Aber dort ist es warm, dort stürmt es, dort ist kein Winter und auch kein geheizter Raum.

Alles ist wie in einem Film.

Und nichts ist dort draußen mehr real. Denn alles sieht und hört und fühlt er in sich.

Sturm peitscht die Bäume im Park am Rande der Stadt.

Erst die Bäume und dann ...

Er fühlt sich gepackt, von hinten ergriffen.

Sturm packt mich und weht mich fort! Hinfort! Wohin?

Doch, doch, er geht auch in den Film mit dem neudeutschen Titel *Copykill*.

Sieh an, schau da, dort hinten, siehst du, dort sitzt er ja.

Und während all die anderen nach Werbung und Pause mit Getränke- und Knabberverkauf, während sie alle gebannt die Morde auf der Leinwand schauen, ist *er* längst nicht mehr wirklich unter ihnen.

Völlig abgedriftet sitzt nur noch sein Körper bewegungslos da, eine Hülle, leer, nicht mehr.

In ihm aber denkt es, in ihm singt es, in ihm schreit es, weint und lacht: »In meinem Kopf: in meinen Ohren, in meinen Augen, in meinem Hirn, in meinem Traum, in meiner Seele wurde ein Hauch geboren, wuchs an zum Wind und wurde Sturm.

Nun hat er mich fortgerissen. Hinfort!

Wohin wird er mich nur tragen?«

Nein, nein, hier geht's nicht um *E. T.*, den Extraterrestrier, den kleinen Außerirdischen, einen von vielen Pflanzensammlern mit Kindchenschema, der auf der Erde vergessen wurde. Diese hier kamen nicht aus freien Stücken, sondern wurden verbannt.

Die gefallenen Engel erwachen und finden sich wieder in Körpern von Menschen und Pflanzen und Tieren.

Mag sein, dass da auch einer in einem kleinen Mann mit Namen Olaf wiedergeboren wird und ein anderer in der großen Platane mit dem dicken Stamm dort auf dem St. Martinsplatz mitten in der Stadt, der Altstadt von Kaiserslautern, in der gar nicht mehr viele alte Häuser stehen.

Sie sehen, spüren, hören in der Nähe die Häuser GOTTES, auch wenn sie wissen, dass sie, um IHM nahe zu sein, gar nicht nötig sind, denn ER ist überall: in allen Welten, an allen Orten und Zeiten, in allen Dingen und Wesen zugleich. Noch erinnern sie sich ein wenig an das, was vorher war.

»Nach Hause!«, denken sie alle, die da in Menschenkörpern erwachen.

Also betreten sie staunend die Kirchen, Kathedralen und Moscheen.

Still schauen sie in ihnen empor und hören all die Stimmen singen, die jemals sangen und singen und singen werden an diesen heiligen Orten.

Und dem Gesang folgen die Worte in vielerlei Menschen- und Nichtmenschensprachen. Sie vernehmen sie in sich. Sie verstehen sie alle.

So fallen sie nieder auf die Knie und weinen.

So gehen sie hinaus und schauen auf in die blauen und roten und grünen Himmel am Tag und in die schwarzen Himmel der Nacht, in denen Sterne funkeln und Monde leuchten und heben bittend ihre Arme empor.

Denn jetzt bereuen sie und erinnern sich nur noch in diesen wenigen Augenblicken daran, was vorher war, was sie durch ihren Größenwahn verloren. Denn sie wollten sein wie ER, der ALLES ist.

Sie lachen, sie schreien - und kehren nie mehr zurück?

Du öffnest deine Augen.

SCHWÄRZE!

Wo bin ich?

Bin ich überhaupt schon wach oder träume ich noch immer?

Träume ich nur davon zu erwachen?

Träume ich, die Augen zu öffnen und Schwärze / Nichts zu sehen?

Du schließt die Augen.

Du öffnest deine Augen, öffnest sie zum zweiten Mal.

SCHWÄRZE!

Ich liege mit dem Rücken auf ...

Deine Hände tasten warmes Holz unter dir. Daneben scheint nichts zu sein, bodenlose Leere (wie überall ringsum).

Dann tastest du über deinen Körper.

Nackt und warm! Mein Herz schlägt.

Du bläst mehrmals die Luft aus den Lungen, hältst deine rechte Hand davor, fühlst den Strom.

Ich atme!, denkst du. Also lebe ich.

Doch da ist kein Stillstand.

Alles dreht sich im Kreis.

Strudel, denkst du und versinkst, machtlos wie du bist in Ohnmacht.

Du öffnest deine Augen, öffnest sie zum dritten Mal.

SCHWÄRZE!

Wo bin ich?

Bin ich überhaupt schon wach oder träume ich noch immer?

Träume ich nur davon zu erwachen?

Träume ich, die Augen zu öffnen und Schwärze / Nichts zu sehen?

Du schließt die Augen.

So geht es fort und fort. Und irgendwann erinnerst du dich nicht mehr daran, was vorher war. Und doch hört es nicht auf. Es ist die ewige Wiederkehr des Gleichen, alles wiederholt sich immer wieder, doch jedes Mal ein wenig anders. Doch wenn es denn irgendeinmal enden sollte, so weißt du nicht, wann das geschehen wird. Äonen könnte es dauern, Jahrtausende, Jahrmillionen, Jahrmilliarden. Und wer du bist, auch das weißt du nicht mehr.

Mag sein, dass alles so ist, wie es scheint. Mag auch sein, dass dein Körper irgendwo sicher und geborgen liegt und du nur schläfst und all dies träumst. Und was du da sonst noch träumst hinter zuckenden Lidern, weiß niemand außer di...- auch du hast es ja längst vergessen. Es könnten Welten sein, die da in dir und aus dir geboren werden, Welten aus Sternenmeeren, die in Schwärze treiben, Welten mit Millionen von Planeten und Trillionen von Lebewesen darauf, die sich entwickeln, immer weiter entwickeln, während du träumst - und die vielleicht auch noch weiterexistieren, bist du einmal für einen Augenblick wach, ganz gleich, ob du da Schwärze oder Licht mit offenen Augen siehst.

Ist ja doch sehr überraschend beim ersten Mal - ja, das erste Mal ist immer so eine Sache -, was hier geschieht.

Vorne geht die Tür auf, dort steigst du ein, dort steigst du aus. Klar doch! Was sonst?

Im Keller aber, und nur dort, ja da ist alles anders. Manch ein Besucher steht da zunächst eine Zeitlang - ist er taub oder versteht er es einfach nicht? - verharrt mit dem Rücken zu dir, bis er sich schließlich doch noch zur offenen Tür umdreht und es endlich tut: Er steigt aus. Ja, er ist einer von denen, die davon überrascht werden, dass sich die Aufzugstür im Gegensatz zu den Stockwerken darüber hier plötzlich - im wahrsten Sinne des Wortes - hinterrücks öffnet. So verharrt er für Sekunden dort unten im Keller auf seinem Weg zum Bücherbasar, vielleicht zur Sonderaktion – das Kilogramm Bücher für 50 Cents, steht einfach nur da, wo er längst aussteigen könnte, wartet und wartet auf das Öffnen der Tür, durch die er kam. Diese aber öffnet sich hier nicht, niemals.

Tür auf, vorne oder hinten, je nachdem, in welchem Stockwerk man ist, denkst du, während du wieder einmal hinabfährst. Das sind ja nur zwei von vielen Möglichkeiten. Was ist denn mit rechts und links? Damit hätten wir die vier Wände, vier Himmelsrichtungen abgehakt. Und oben oder unten wäre ja auch noch möglich. Dort könnten natürlich auch Türen sein, die sich bisher nur noch nicht für mich (und für niemanden sonst?) öffneten. Und wären sie dort, wo führten sie hin?

Doch was sollen all diese Spekulationen. »Solange sie nicht nach unten aufgeht, ...«, denkst du und sagst es lachend der Besucherin des Bücherbasars ins Gesicht.

Dann kurz vor Feierabend, fast ist's 18 Uhr, passiert es. Der Hausmeister fährt mit dir nach oben, steigt im Untergeschoss aus - denn er leert die Hallen und löscht das Licht von unten her. So ist es an jedem Wochentag, so geschieht es auch heute. Doch dein schlimmster Albtraum wird wahr, eigentlich hast du ihn als kleiner Schriftsteller so schön fantastisch den Besucherinnen und Besuchern zugedacht, die aber kommen (diesmal noch) davon. Sie schon, dich aber erwischt es voll, dich!

Hunger, dachtest du gerade, als dein Magen brummte.

Fütterungszeit, fällt dir nun ein - welch seltsamer Gedanke!

Die Tür schließt sich.

Der Aufzug ist kein Aufzug mehr, sondern - rast hinab.

Im Keller öffnet sich - keine Tür, weder vor noch hinter dir, sondern - unter deinen Füßen klappt der Boden einfach nach unten weg.

Du fällst schreiend ins Nichts.

Noch immer fällst du dem Zentrum der Erde entgegen. Und während du rasend fällst und nicht das Bewusstsein verlierst - das wäre ja zu schön, um wahr zu sein -, blühen in dir Gedanken von Höllenwelten auf - und wieder ist da diese Sache mit der Fütterungszeit. Da unten hat doch nicht etwa wer statt einer Pizza einen Menschen »nature« - noch ganz roh und wirklich zappelnd quietschend frisch - bestellt? Und der bin ich, denkst du auch schon im nächsten Augenblick und bist dir hundertprozentig sicher, dass es genau so ist.

Du fällst noch immer, und es wird immer wärmer und wärmer und heiß.

Mein Gott, also doch nicht roh, jetzt werde ich gut durchgebraten, denkst du deine letzten Gedanken, während dir schon die Augen aus dem Kopf quellen und dein ausgetrockneter Mund japsend nach Wasser krächzt.

Dann ist da nichts mehr / nur noch eins: Schwärze.

Also nimmst du nicht mehr wahr, wie sich jetzt alles verwandelt, wie die Wände des Schachts zu leuchten beginnen, fluoreszieren und schließlich in allen Farben erstrahlen.

Also siehst du auch nicht die Wesen, die jetzt dort in der Schwärze und in den bunten Wänden des Schachts rings um dich herum lebendig werden.

LICHT AUS!, denkst du, der du im Dunkel erwachst. Da ist kein Schacht mehr, nur noch »leerer« Raum. Du aber spürst, dass du noch immer fällst, immer weiter hinab. Wohin?

Zeit vergeht, während du weiter fällst. Zeit vergeht.

Mögen inzwischen Minuten, Stunden, Tage, Monate, Jahre vergangen sein, wer weiß? Du jedenfalls weißt es nicht. »Ewig« lange dauert es, bis du wieder festen Boden unter deinen Füßen hast.

Du warst ein Mensch, ein Wesen von oben, bist aus der Tageswelt hierhin hinabgefallen, wo niemals Licht ist, also auch keine Augen - die hast auch du längst nicht mehr, denn sie wurden dir ausgebrannt -, weißt noch immer nicht, dass du dich verwandelt hast, dass du längst kein Mensch mehr bist, sondern einer der vielen Arten von Dämonen, die da bleich und farblos hungrig durch die Gänge trotten, ausgestattet mit feinsten Nasen und Tasthaaren am ganzen Körper, vor allem an den Armen und Beinen, besonders aber an den Fingern und über dem Mund, so ähnlich, wie es bei Katzen und Spinnen in der fernen Oberwelt ist, aus der du stammst und die du nie mehr betreten wirst.

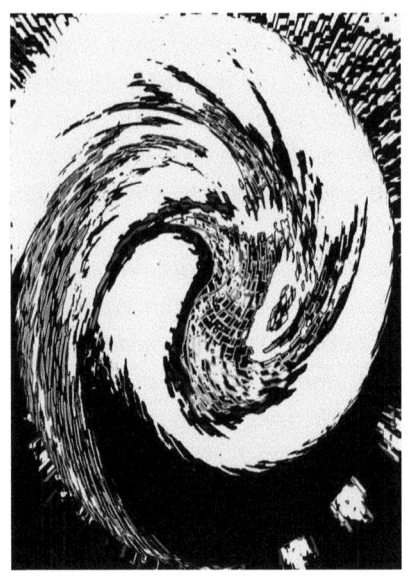

Fortsetzung s. Abzug (4)

Das ist der kleine feine Unterschied, nämlich ob du eine von ihnen bist, Ameise unter Ameisen, in die Gemeinschaft hineingeboren, unter ihnen aufgewachsen bist und mit ihnen gelebt hast oder ob du von oben und außen auf die Kleinen dort unten schaust und sie einfach so zertrittst, vergiftest, vergast: »Ist doch nur 'ne Ameise, Spinne, Käfer, irgendso'n bug, nicht mehr!«

Tja, und das da unten ist nur ein Mensch. Von denen wimmeln da Milliarden herum. Da kommt's auf einen, auf Hundert, auf Tausend wirklich nicht an. Hinweg mit ihnen!

Überall auf Erden ist Krieg, nicht mehr die großen, wie im letzten Jahrhundert, dafür viele kleine, hier und da und dort. Dann sind da im Irak fanatische Gotteskrieger, den flüsterte wer ein, sie kämen für ihre Taten ins Paradies: Kawumm! Wieder Zerfetzte und Leichen. Und wo werden die Seelen der toten Täter nach ihrer Tat sein? Das wäre wissenswert! Hier mal 'nen Container aus Versehen am Hubschrauber ausgeklingt, schon ist die Seilbahnkabine im Tal. Ein paar tote Kinder. Was soll's! Oh, und dort, sieh an, schau da, erst diese Wirbelstürme: Tornados - ein wenig mickrig, aber häufig, Hurricans und Tsunamis - die bringen's schon mehr. New Orleans ist gerade abgesoffen. Wie höllisch schön stinkt's dort schon nach Leichen und Schlamm. Des einen Leid ist des anderen Freud. *E. coli*-Bakterien vermehren sich, sie und viele andere Wesen mehr, was für ein Schlaraffenland für sie!

Auf jeden Fall freut sich die Menschenhölle über diesen Zuwachs an Seelen, der vielleicht gar nicht wie gerufen kam, sondern einfach mal geordert wurde, Sünder gibt's unter den Menschen genug.

Vielleicht ist dort unten / oben oder wer weiß wo auch immer schon alles voll, platzt die Hölle schon aus allen Nähten? Wer weiß!?

Und was noch aussteht, lange vorhergesagt, scheint augenblicklich ganz vergessen, das ist das große Beben von L. A. oder San Francisco. Ha, bald wird es kommen, bald ... Schon bebte es ja in Nordpakistan, Afghanistan und Indien. Und die Polkappen schmelzen, weil es immer wärmer wird, die Antarktis schwindet. Da werden so manche Länder in weiter Ferne mit ihr gehen (untergehen) und altes / neues unter Eis begrabenes Land - tropisch war's mal dort - wird auftauchen.

Ach ja, wann fällt noch mal der nächste Meteorit, der die Menschheit vom Antlitz des Planeten fegen wird?

All diese Dinge, die da hängen, nebeneinander an Haken hängen, wie tot, scheinen Puppen zu sein, würdest du denken, wärest du hier, wärest du außerhalb, könntest du sie sehen.

Doch du, der du diese Zeilen liest, bist nicht hier, sondern dort.

Und der, der diese Zeilen schrieb, hörte gerade einen Song von *Enigma*, der ihn hinwegfegte und ihm diese Bilder sehen ließ:

Diese Puppen da sind nicht tot. Also sind sie keine Puppen.

Diese Puppen, die keine Puppen sind, diese leblos scheinenden Körper sind noch am Leben. Doch sie wissen es nicht.

Diese Puppen träumen.

Es sind Milliarden. So viele Menschen, Hunde, Katzen und ... so viele Wesen, die nicht von der Erde sind, Aliens, sind es, die da neben Menschen hängen, wie tot. Und alle träumen sie!

Eine aber unter den vielen träumt *ihnen* zu, die da draußen wandeln, die all dies taten.

Und dies ist es, was die Eine träumt:

Öffne nicht meine Augen, denn *die* haben sie längst gegessen.

Öffne nicht meine Ohren, denn *die* haben sie abgeschnitten.

Öffne nicht meinen Mund, denn *den* nähten sie zu.

Sie nahmen uns von dort weg, wo immer sie uns fanden: aus Heim und Hof, vom Arbeitsplatz und Urlaubsort, von den Straßen und aus den Lüften.

»Sanft entschlafen, Sekundentod, endlich erlöst«,

sprachen die Ärzte und Geistlichen. Also logen sie und wussten es doch nicht.

So hörten wir sie sprechen, die wir hinweggenommen wurden und doch nicht vollständig gingen, denn Seele und Geist, ein Teil von uns weilt immer, für alle Ewigkeit, auf Erden.

Ich bin *Puppe* und träume nun *ihre* Höllenträume wie all die anderen neben, vor, hinter, über und unter mir auch.

Ich sehe *sie* in mir und dort draußen zugleich, so sehe ich auch uns, die wir alle in *ihren* Vorratskammern hängen. Denn wir sind Seelenfleisch für sie, die uns quälen und essen, verdauen und ausscheiden und wieder hängen lassen, auf dass wir uns wieder regenerieren, auf dass alles von vorne beginnt, immer und immer und immer wieder.

Was haben wir nur getan?, dass wir diese Höllenpein erdulden müssen, fragten sich einige von uns zu Beginn und sahen und sehen noch immer ihre Missetaten und martern und foltern sich so selbst.

Sie aber dort draußen und tief in uns lachen nur und saugen uns weiter aus.

Jetzt im Sonnenlicht des Morgens siehst du sie beide vor dir.

Sie stehen nicht still.

Sie verharren nicht jahrtausendelang in der Erde, wie die im fernen Ägypten und all die anderen ihrer Art.

Nein, diese hier drehen sich, endlos drehen sich beide: die leuchtende Pyramide, die mit ihrer Spitze zu den Sternen zeigt und die andere, die schwarze, die ein Pfeil zu den Höllen in den Erdentiefen ist.

Du siehst sie beide zugleich, einander umkreisend, hörst sie, die eine in höchsten, die andere in tiefsten Tönen pulsierend singen. Was bedeutet das? Wieso tun sie das, was sie tun? Weshalb sind sie dort im Zentrum meiner Stirn erschienen?, fragst du dich verwundert und schreibst alles auf.

Und so steht es jetzt hier geschrieben. Nicht für alle Zeit, und doch für ein wenig mehr als nur den Augenblick bewahrt - für all die, die noch kommen werden, seien es Menschen oder die, deren ferne Vorfahren einst Menschen waren. Auch ganz andere Wesen mögen es sein, die zufällig oder aus Notwendigkeit auf diese Zeilen hier irgendwann stoßen werden, sie in ihre Sprache sinngemäß übersetzen können und dann begreifen, zu Dingen inspiriert werden, von denen die Menschheit heute noch nichts ahnt. Denn dazu reicht ihr Verstand nicht aus. Dazu gibt es sie einfach noch nicht lange genug auf Erden, im Universum, überhaupt.

Du legst dich hin, schließt deine Augen. Irgendwann schläfst du ein und beginnst zu träumen.

Du versinkst in den Pyramiden, die sich noch immer dort oben drehend bewegen.

Sie sind in dir. Du bist in ihnen.

Du schläfst.

Du erwachst.

Du bist wach - erwacht.

Du schaust dich um.

Das ist niemals, nie die Erde, an die du dich erinnerst.

Du stehst auf und schaust verwundert deinen neuen Körper: So viele Beine und dieser Panzer, der deinen Körper umschließt, der in sich für den Fall der Fälle große Wasserreserven speichern kann!

Eine trockene und harte Hölle muss es sein, in der ich nun lebe, dass es solcher Körper bedarf, denkst du noch ein letztes Mal Menschengedanken.

Dann läufst du mit neuem Körper und neuem Geist in die Weite hinaus, denen entgegen, die du nicht sehen kannst hier im grellen Weiß mit deinen abgedunkelten Augen, die dich aber aus der Ferne rufen.

Du hörst sie in tiefsten Tönen pulsierend singend einander umkreisend. Du weißt, sie stehen nicht still. Nein, sie drehen sich, endlos drehen sich beide: die schwarze Pyramide, die mit ihrer Spitze zu den Sternen zeigt und die andere, die weiße, die ein Pfeil zum Himmelreich in den Tiefen dieses Planeten ist.

ER ist der Gott des Windes, der Fruchtbarkeit und der Weisheit.

ER ist die gefiederte Schlange.

Denn aus den Himmeln kam ER einst auf die Erde hinab.

ER schuf die Menschen neu.

ER goss sein Blut auf die Knochen der Toten.

ER tat dies in der Welt dort unten.

Wir kennen IHN auch unter einem anderen Namen, der da einfach lautet ER.

ER ist es, der erst Manfreds sieben Samurai, dann seine Liebe Nairra und schließlich Manfred den Magier selbst tötete. Was für ein Spaß, welch Kinderspiel zugleich das doch einst für IHN war.*

*: Rainar Nitzsche: *Der Leuchtende Pfad des Magiers, Wandlungen der Drei, Wüsten-Berges-Himmels-Weiten.*

Einst einmal, jetzt sind schon Jahre vergangen, damals im Bahnhof von Frankfurt am Main zur Buchmessezeit geschah es. Wir schrieben das Jahr 2000 A. D. und es war Ende Oktober. Damals geschah es, ich sah es, ich schrieb alles auf.

Du betrittst eine Rolltreppe (Rolltreppen waren Ketten von gerillten Stufen, die sich und dich mit sich fortbewegten, die gab es damals für kurze Zeit in den Städten der Menschen, fraßen anscheinend viel Energie, waren wie vieles Neue mal hochmodern - für einige Jahre -, nun ja, die trugen dich mit sich fort – oder auch nicht, dann musstest du eben laufen).

Diese eine Rolltreppe ist länger als alle anderen, die du zuvor betratst. Sie führt hinab in eine andere Ebene. Du siehst es und hast es begriffen - nein, bist ergriffen. So brennt sich das Bild in dein Gedächtnis für alle Zeiten, für immer und ewig ein.

Auf ihr fährst du hinab in die Tiefen der Erde. Silbrig im Dunkel, im Düster des Neonlichtes leuchtet das gerillte Stufenband vor dir.

Du schließt die Augen, während du weiter nach unten fährst, immer weiter.

Du öffnest deine Augen. Dort vorne ist keine Menschenseele.

Du drehst deinen Kopf.

Hinter dir ist auch niemand.

Neben dir war ohnehin keiner (da passen zudem höchstens zwei, bei Kindern wohl auch drei Menschen nebeneinander).

Nun fragst du dich: Wie komme ich hierher? Wo fahre ich hin? Weshalb, wieso?

Und während du dies denkst, geht deine Reise weiter, geht's immer weiter hinab.

Vor dir ist kein Ende abzusehen, keine erleuchtete Etage, nirgendwo.

Du drehst dich noch einmal kurz um.

Auch dort hinter dir, dort oben ist kein Anfang. Ein *Leuchtender Pfad* fällt dir ein. Doch hier ist es kein magisches Licht.

»Hier führt ein silbernes Band aus Metall durch Schwärze in tiefste Höllen hinab«, flüstert eine Stimme in dir.

»Höllen« ist das eine Wort, das sich nun nach diesem Flüstern immer und immer wieder in dir während deiner Fahrt in die Tiefe, dem Ende entgegen, wiederholt.

Dem Ende entgegen?

Dann gehen die Neonlichter über dir aus, und ... du siehst ... noch immer, denn das Band fluoresziert, es leuchtet selbst!

Du drehst dich ein letztes Mal um.

Da ist nur noch Schwärze hinter dir.

Du drehst deinen Oberkörper wieder zurück.

Vor dir und unter dir strahlt noch immer das silberne Band, ist noch immer kein Ende abzusehen. Noch weiter geht es hinab.

Du hältst beide Hände mit gespreizten Fingern vor dein Gesicht und streckst deine Arme aus.

Da sieht man ja nicht die Hand vor den Augen, so dunkel ist's.

So müsste es sein, so war es eben noch, jetzt aber leuchten deine Hände weiß, verwandeln sich in einen Spiegel.

Und in ihm siehst du ... nichts ... nur Schwärze.

Und weiter geht deine Reise in das Dunkel der Nacht, in die tiefsten Tiefen der Erde.

Ob andere vor mir und nach mir jemals diesen Weg gingen?, fragst du dich.

»Ja«, kichert es irgendwo tief in dir, »die Schwärze hat ihre Kinder zu sich gerufen und ihnen einen silbernen Weg geschickt. *Ihnen* allen, also auch *dir*, Olaf. Willkommen hier bei uns!«

Von einem Augenblick auf den anderen war da so ein seltsames Gefühl dort oben in deinem Kopf, und das nicht etwa zu Hause im Bett, sondern es geschah auf dem Weg in die Stadt.

War es real oder nur eine Idee?

Das war es, was geschah:

Gehirn, Geist, Seele, alles verschiebt sich dort oben mit einem Ruck ein wenig nach rechts, dann wieder zurück.

Es ist, als wäre da oben in mir ein Schlüssel, der ein Schloss öffnet, fällt dir ein, während du all dies spürst.

Und damit ändert sich nicht nur die Wahrnehmung, wie man meinen könnte, sondern ändert sich auch die Welt dort außen, ringsherum, in der du bist, deren Teil du bist.

So ist es, denkst du und schließt die Augen - nicht und öffnest sie nicht, um dich dann irgendwo und irgendwann wiederzufinden, sondern gehst einfach weiter und lachst so fröhlich in dich rein, weil alles geblieben ist, wie es immer schon war, bist einfach gut drauf, weil nicht der geringste Grund zur Beunruhigung besteht. Alles ist gut und wird es immer sein.

So ist es.

So ist es nicht.

Denn du weißt (noch) nicht, dass sich soeben, dass du selbst dort oben längst ein Tor geöffnet hast, welches du - oder der oder die oder das, das einen anderen Namen trägt und so ist wie du und doch auch wieder ganz anders - auf anderer Ebene soeben durchschreitest.

Auf dem Uni-Sommerfest gibt's Heavy Metal oder etwas in der Art - bei den Namen für Stilrichtungen kennst du dich nicht mehr so aus, denn du bist ja auch nicht mehr der Jüngste. Doch wie auch immer, was zählt, ist der eine Titel *The Evil Seed* (Die Saat des Bösen).

Die hauen ja voll rein, die Jungs - und Mädchen!

Noch aber strahlt der Sonn dir in die Augen, die du nun schließt.

Jetzt überschlägt sich der tanzende Mini-Truck, den steuert nun niemand mehr fern über die leere Fläche vor der Bühne.

Dann ist es der Schlag deines Herzens, das den Rhythmus trommelt, so kräftig wie nie zuvor. Und immer schneller und schneller!

Was für ein Takt ist denn das?

Es stockt, es rast, es schlägt diese seltsame Melodie.

Und dein Kopf rotiert schon fast, so schnell zuckt er hin und her. Und du schwenkst wie der Tänzer auf der Bühne dein Ha... - nein, deine Haare umtanzen ja dich, als wären sie lange, dünne Würmer oder Schlangen, Tintenfischtentakel gar an einem Gorgonenhaupt.

Jetzt schreitet der Tänzer auf der Bühne voran, ist Feuer und Flamme.

Und alle, die er berührt, brennen lichterloh.

Und alle, die ihn sehen, glühen auf - vergehen.

Du aber schreist in die Nacht: »Ich bin das nicht!«

Du weinst Tränen über Tränen, Bäche verlassen deine Augen und vereinigen sich zum Fluss. So bist du nun der Wasserstrom, umringst die Höllenmeere aus Feuer.

Die Menschen aber ertrinken in deinen Fluten, in dir.

Hörst du, wie sie schreien und zappeln und gurgelnd sterben!?

»Also auch ich?«, murmelt deine Wasserstimme.

Dann schreit deine Seele auf. Denn erst jetzt begreifst du alles: »Oh, mein Gott. *Ich* bin der *Tänzer* auf der Bühne. *Ich* bin das *Feuer*, das die Lauscher verbrennt. Und *ich* bin die *Flut*, die das Feuer nicht löscht, sondern alle ertränkt. Und *ich* bin auch die *Erde*, die sie alle wieder in ihren Schoß aufnimmt! Erde zu Erde, Asche zu Asche, Staub zu Staub.«

So wandelst du dich in Magma, wirst Geröll und Lawine aus Stein, aus Eis, aus Schnee.

Und Luft?

Sturm brüllt dein Mund, und bläst ihn aus. Wirbel tosen.

Also TOD! Ich bin der Tod, bin selber tot und bringe den Tod.

Jetzt ist alles tot ...

Ja, wenn es denn so einfach wäre! Doch das ist es nicht!

Es ist das Fegefeuer, Bardo, das ist der Zwischenraum zwischen den Leben, das ist die ewige Folter!

All die armen Menschen! Was habe ich nur getan?

Ein Blitz leuchtet auf in rabenschwarzer Fledermausnacht - der leuchtende Blitz der Erkenntnis und ein Schrei zugleich aus tiefster Seele - dein Schrei zu dem, das alles ist: »Mein Gott!

Nicht *sie* töte ich, nicht *ihnen* bringe ich die Höllenqualen.

Sie alle sind / werden erlöst.

Ich bin es ja, der leidet!

Mich foltere ich, immer und immer wieder!«

Du öffnest deine Augen und schaust nach unten.

Deine Kleidung löst sich auf und rieselt hinab zur Erde. Asche zu Asche und Staub zu Staub.

Leuchtende Schlangen rasen aus schwarzem Raum auf dich zu. Jetzt tanzen sie über deinem nackten, in Krämpfen ruckend-zuckenden Körper.

Du fällst in »endlose« Tiefen, und mit dir fallen diese schillernden, schlängelnden Wesen, die dich nun überall umwinden: deinen Hals, deine Arme, deinen Bauch, deine Beine. So fesseln sie dich an sich, die dich nun bezüngeln: zunächst nur ganz sanft deine Lippen - wie das kitzelt!, dann deinen Hals - wenn sie jetzt mit ihren Zähnen zubissen und ihr Gift einspritzten ... Doch sie tasten sich weiter hinab, über deine breite, dicht und schwarz behaarte Brust bis hin zum Schwanz.

Mein Gott, so steif, steifer geht's nicht mehr! So potent war ich ja noch nie. Und das ganz ohne *Viagra.* Wusste gar nicht, dass ich so auf Sado-Maso stehe. Gleich werde ich explodieren, und nichts wird dann von mir übrigbleiben, nichts!

Doch was machen eigentlich Schlangen an einem Mann? Die bezüngelte Frau, klar. Da dringt die Schlange ein, Schlangenkopf und Schlangenkörper, klarer Fall von Phallus, von Anders- / Übermann. Aber Schlangen bei mir?

So bedeckt geht's weiter hinab, versinkst du in tiefste Erdentiefen, fällst durch Schwärze, die du nicht mehr siehst, mit ekstatisch geschlossenen Augen auf deinem Höllenschlangentrip.

Die Schlange, die Adam und Eva im Paradies verführte, wirklich sehr biblisch, was hier geschieht, falls es denn geschieht. Doch wozu verführt sie / verführen sie mich?

All dies denkst du einen Augenblick lang, während du dich noch immer unter ihren kühlen Leibern windest, die deine Wärme essen, während ihre unzähligen Zungen dich nun überall zugleich bezüngeln.

Manfred der Magier in den fernen Bergen* aber wundert sich sehr: Was ist denn das? Ein von leuchtenden Schlangen umzüngelter nackter Mann, fällt mit geschlossenen Augen aus tiefster Erdentiefe so dicht an mir, fast berührt er mich ja, vorbei, doch nicht hinab, sondern
e m p o r!

Du explodierst. Spermaströme spritzen ins Nichts. So also endet alles in Ekstase.
Endet?
Alles?
Endet alles?
Ja. Die Schlangen sind fort.
Doch du fällst noch immer in Schwärze, in bodenlosen Raum, hinab?, hinauf? nach irgendwohin!

*: Rainar Nitzsche: *Wüsten-Berges-Himmels-Weiten*.

Seine Zunge, die in deinen Mund eindringt und mit der deinen spielt, und die sich wandelt – du spürst es nicht nur, du siehst es hinter deinen geschlossenen Augenlidern - vom breiten, kurzen Menschenmuskel in eine lange schlanke und gespaltene Waranen-Schlangenzunge, die nun in deinem Mund wahre Tanzorgien vollführt und schlängelnd alles betastet, einen winzigen Augenblick gar bis in deinen Hals vordringt, sich aber rücksichtsvoll blitzschnell wieder zurückzieht, als du zu würgen anfängst.

Du windest dich.

Du würdest schreien, wenn du es denn könntest. Denn dein Mund ist gefüllt - mit ihr.

Dein Atem rast.

Jetzt bist du nur noch ein einziges Stöhnen und explodierst in einer Welle von Orgasmen - wie dein Unterleib zuckt und die Säfte strömen, alles ist zur Befruchtung bereit -, ohne dass da irgendwer auch nur eine Sekunde deine Genitalien berührt hätte.

Dann fallen deine Kleider wie von selbst.

Dann ist da seine über deinen Kitzler züngelnde Schlangenzunge, die nun wieder zu der eines Menschen wird, die deine austretenden Säfte leckt und die Menschennase, die dich berauscht einatmet.

Ein, zwei und drei Finger, die dich penetrieren. Dann kommt sein Schwanz.

Du stöhnst auf.

»Tiefer, fester, mehr!«, schreist du und wirst von seinen Stößen geschüttelt, dessen Zunge nun wiederum über dein Gesicht leckt, deine Lippen wie im Flug berührt und dann in deinen vom Schreien weit geöffneten Mund hineinfährt.

Schlangenzunge, wie ich dich liebe!

Aah, wer dich einmal fand, kann nie mehr von dir lassen, denkst du noch und verlierst die Besinnung.

Ein Schnipp nur mit der Zeigefingerkuppe an der Innenseite ihres Daumen der rechten Hand entlang.

Das ist alles, was *sie* tut.

Und schon fällt *er*

H I N

A

A

A*

<hr>

*: »A« ist der Schrei des kleinen Mannes, den sie von der Bettkante stieß. Das war, das geschah gerade mal vor einem Augenblick. Und nun kommt da kein „b" mehr, niemals, nie, nie mehr. Denn er hat längst das Bewusstsein verloren und landet irgendwo und irgendwann. Und dann?

Was da alles so lebt und klebt an Gaumen, Zunge und Zähnen, welch Einzeller- und Bakteriencocktail, der da wuselt in deinem Mund, auf deinen Lippen, von Herpes-Viren ganz zu schweigen.

Und nun küsst du die Auserwählte.

Deine und ihre Lippen berühren sich, Zungen spielen und dringen in den Mund des anderen ein.

Und all die Wesen, die in dir, in ihr wohnen, vereinigen sich, vermischen sich, bekämpfen sich und bilden eine neue Population.

Und so ist es auch mit deiner / ihrer Haut.

Und solches geschieht auch dort unten im Genitalbereich mit all den Wesen, wenn du in sie eindringst. Und Pilzinfektionen, die da gedeihen mögen, kommen von ihr zu dir, gedeihen auch auf deinem Schwanz. Von Geschlechtskrankheiten wie Harter und Weicher Schanker (Syphilis und Ulcus molle) und AIDS mal ganz zu schweigen.

So ist es – innen wie außen, unten wie oben, allüberall.

Jenseits der sechsten Ebene, jenseits der Bühne dort unten, dort, ja dort, jenseits der Höllenqual schreiender Seelen, jenseits dieser Klänge, hier oben in der siebten Hölle öffnet sich endlich deine Seele.

Du schließt die Augen und atmest ein - das schreiende Bild aus Klang.

Es singt weiter. Es singt immer weiter!

Längst haben alle den Saal verlassen. Längst sind alle Lichter verloschen.

Doch du sitzt noch immer dort oben und schaust mit starren Augen hinab, dorthin, wo deine Seele noch immer schreiend tanzt.

Brennende Bündel aus Heu rasen die Berghänge hinab, auf dich zu!

Du springst auf. Deine Beine starten durch. Du rennst um dein Leben.

Das Feuer naht. Näher, näher, näher!

Du schaust hinab.

Dort rasen deine Beine, die schon verschwimmen, so schnell sind sie geworden, dort bewegen sie sich über die sich drehende Erde.

Doch es hilft nichts: Du bewegst dich zurück, auf die Brände zu, die dich nun erreichen.

»Warum brenne ich nicht?«, wunderst du dich.

Doch dein Körper brennt dort oben in einem leeren Saal, auf leeren Rängen.

Und auch die Alte Oper stürzt brennend ins Nichts.

Du aber, körperlos nun, fragst dich verwundert: »Wer? Lebe? Wo? Ich? Gefallen?«

Rasend, rasend, Fetzen von Sätzen.

»Weißt du's denn nicht?«, flüstert eine helle Stimme, nun schon fern in dir. »Erde ist Hölle. Erde ist ...

Hier ist sieben. Erde ist Anfang. Anfang ist Ende. Ende ist Erde.«

Du blickst dich um und verstehst.

Das ist die Siebte Hölle. Du weißt es.

Sie ist es, die dich rief. *Jetzt* erinnerst du dich.

Und du begreifst: Deine Qualen werden niemals enden!

Seltsam. Da vorne gehen Männer, singende Männer.

Das schau ich mir an!

Also gehe ich näher ran.

»Was tut ihr da? Wer seid ihr?«, frage ich sie.

Sie aber singen einfach weiter, lassen sich von einem so Neugierigen wie mir nicht im Geringsten stören.

Verstehen sie mich?

Sie schreiten dahin, immer weiter, Lemmingen gleich, und singen.

Gehen sie oder tanzen sie gar? Immer weiter, einem bestimmtem Ziel entgegen?

Ich beginne zu laufen, zu rennen, überhole sie und erwarte sie hier an dieser Kreuzung, warte auf ihr Kommen.

Und da sind sie schon. Langsam schreiten sie heran, irgendwie schwankend und wankend von rechts nach links nach rechts nach links nach ... Sie kommen immer näher.

Ich sehe dem ersten ins Gesicht, der dicht an mir vorübergeht.

Er schaut mich an aus *meinen* Augen. Ich sehe *mein* Gesicht in *seinem* Gesicht. Und auch der zweite, der dritte, all diese Seelen tragen meinen Körper.

So viele Kopien, Klone vielleicht, wundere ich mich, und alles soll ich sein?

Schwindel ergreift mich. Schwärze.

Irgendwann öffne ich meine Augen und finde mich in dieser endlosen Reihe von namenlosen Menschenmännern wieder, die alle meinen Körper tragen.

Ich bin nicht der erste und nicht der letzte, ich bin mitten unter ihnen.

Jetzt weiß ich wahrhaftig: WIR ALLE SIND ICH!!!

Wir singen. Wir summen. Wir schreiten tanzend nach einer Melodie in uns voran.

Wir nähern uns immer mehr *einem* Ziel, unserem Ziel, meinem Ziel, wo und wie es auch noch immer verborgen sein mag.

Irgendwann nach Stunden, Tagen, Monaten, Jahren leuchtet nicht weit vor uns glühend magmarot in der Nacht ein Spalt in der Erde auf - der Abgrund, eine von vielen Pforten in Höllentiefen.

Wir gehen weiter, ihm entgegen.

Es ist heißt und wird immer heißer.

Jetzt fangen unserer Körper Feuer. Wir brennen.

Brennend stürzen wir, einer nach dem anderen, hinab

Das Öffnen der Augen, zahlloser Augen.

Dann ist da die eine Frage, die aus tausend Münden synchron erschallt:

»Wo bin ich?« »Ich, ich, ich.«

Wir alle lauschen.

Ein Kichern und Grölen ist die Antwort auf die Frage. Ringsum in der Schwärze, die wir längst selber sind, huschen Schatten. Wir sehen sie nicht mit unseren Augen, wir sehen sie in uns.

Sie kommen näher.

Wir wissen, was sie uns antun werden. Also klammern wir uns an uns fest und falten unsere verbrannten Hände, und legen unsere verbrannten Hände zum Gebet zusammen, ganz nach dem Glauben, den wir haben. Wir alle aber beten zu JAHWE, GOTT, ALLAH. Wir alle wissen, dass er uns hier nicht helfen wird. Denn hierhin gelangen nur die Sünder, um Höllenqualen zu erleiden, um Buße zu tun.

Jetzt haben sie uns erreicht, jetzt ...

»Solange der Sonn scheint, können sie uns nichts, tun!« meinte der Sheriff zu den Männern der Stadt, die alle schwerbewaffnet seinem Aufruf gefolgt waren. »Und jetzt ist Mittag. Machen wir die Vampire kalt, verbrennen wir sie in ihren Särgen! Jetzt sind sie machtlos. Als los, Jungs, packen wir's an!«

Damit hatte er Recht und Unrecht zugleich. Denn wir, die wir hier friedlich am warmen Kamin oder draußen am Gartenteich sitzen, wissen natürlich mehr. Immer scheint der Sonn, Tag und Nacht, mal hier, mal dort auf Erden, denn sie dreht sich einmal in 24 Stunden um sich selbst - und das ist ein Tag. Das ist das eine und ist heutzutage jedem Menschen klar. Das andere aber ist: Ja, Vampire fürchten das Licht, denn sie sind Wesen der Nacht, so wie Tagwesen die Dunkelheit meiden. Kehren wir nun aber wieder zur Handlung zurück.

Jetzt am Mittag dieses noch so ereignisreichen Tages steigen schwarze Wolken aus sich öffnenden Spalten überall zwischen den Grabsteinen auf, bilden einen Kreis aus Schwärze um die Männer, schließen sie unter einer schwarzen Kuppel ein.

Tja, und nun stehen sie mitten am Tag und oben auf der Erdoberfläche im Dunkeln. Denn auch ihre Fackeln, mit denen sie die Untoten verbrennen wollten, sind mit dem ersten Hauch der Schwärze erloschen. Ratlos stehen sie nun da, nein, jetzt fliehen sie und rennen gegen unsichtbare Wände an. Sie schlagen dagegen und schreien. Panik bricht aus. Dann mischen sich andere Schreie - Todesschreie darunter. Denn die Spalten, die zunächst die Schwärze schickten, sind nun vollständig offen, spucken die Schläfer aus, deren Falle wieder einmal so wunderbar funktionierte. Wie dumm ihre Menschenbeute doch ist, so naiv und berechenbar - fühlten sich im Sonnenlicht so sicher, hahaha.

So also sind nun die Wesen der Nacht aus Tagesschlaf und Traum erwacht. Jetzt haben sie Hunger! Und der ist unersättlich! Denn Kinder wachsen in ihnen, und andere warten unten auf ihr Essen. Also töten sie und essen, saugen alle Menschen aus - einen halben Tag und eine ganze Nacht lang - und kehren dann in ihre Schlafstätten und Kinderhorte unter der Erde zurück.

Winter ist's. Die kahlen Äste der Bäume, selbst die Stämme schwanken - mit den Wellen. Alles bewegt sich – verzerrt das Bild, in dem du selbst nicht bist. Denn du stehst ja am Ufer des stillen Sees.

Später gehst du in den Keller deines Hauses und – bleibst dort unten staunend stehen - mit offenem Mund - »oh«, stöhnt lautlos deine Seele auf und kann es gar nicht fassen.

Denn schneebedeckte Berge, die höchsten, die du dir vorstellen kannst, erstrecken sich dort, so weit dein Auge reicht. Direkt vor, nein, unter dir liegt ein Gebirge.

Schon beginnst du den Halt zu verlieren.

Gekicher und Gegröle in deinen Ohren.

Du rutschst aus und ab und fällst hinab, dem anderen Sonn entgegen, der dort in den tiefsten Tiefen der Erde brennt.

So fällst du immer weiter, durchfliegst den unterirdischen Himmel.

Heiß und hell ist es dort auf dem Gipfel, wo du nun sicher landest.

Du lebst. Du riechst - so gut funktionierte deine Nase noch nie - du lauschst und schaust dich um.

Sommer herrscht dort unten im Tal der Hölle.

Du erwachst.

Erinnerst du dich?

Ja, du tust es.

»Ich bin t o t, spricht deine Seele und niemals mehr dein Mund.«

Dann »schaust« du dich um, drehst dich flimmernd im Kreis.

Schreie! Feuer! Kälte!

Weite Wüsten aus Stein breiten sich endlos aus, dort unter dir, wo ewige Stürme rasen, sich an Fels und Stein reibend schleifend Sand erschaffen und dann in Schwärze aufsteigen, wo heiße schweflige Dämpfe Tausende von Blitzen entstehen lassen, dort oben, von wo sie aus schwarzen Wolken zur Erde hinabzucken.

»Wo bin ich?«

»Dies sind die Höllen in dir!«, weint irgendwo eine immer mehr verklingende Stimme.

Das bin ja ich, denkst du und nimmst noch immer alles sinnenlos wahr.

Alles ist anders, alles verändert sich ständig!

Wo eben noch Wüsten aus Stein und Sand waren, erstrecken sich nun weite Wiesen aus Gras, Steppe.

Dann wieder umhüllt dich ein tiefer Wald, der selbst dir hier von oben, aus der Vogelperspektive, endlos scheint.

Und schließlich (du kannst dich nicht erinnern, wie und wann es geschah) schwebst du nicht mehr über den Dingen, sondern stehst wieder mitten im Leben drin.

Doch dies ringsum ist nicht die Erde, die du kennst.

»Dies«, flüstern geheimnisvolle Stimmen in dir, »sind die sich endlos ausdehnenden Wüsten im Innern von *T-her.*«

Du öffnest Ohren und Augen und Nase und Mund. Du willst dich um die eigene Achse drehen, um dich umzusehen.

Doch das geht nicht. Denn du stehst nicht mehr irgendwo inmitten irgendeiner Landschaft. Du hängst im wahrsten Sinne des Wortes fest. Sie - wer auch immer das war oder ist - haben dich in Stein gebannt. Felsenhart sind deine Hände, deine Füße und dein Hinterkopf. Alles andere an dir aber ist Menschenkörper geblieben, organisch, biegsam und weich.

Du siehst, du hörst, du riechst, du denkst, du fühlst.

Eiskalt spürst du das Gebirge in deinem Rücken.

Feurig heiß liegt die Welt vor deinen Augen.

Du schreist! (Dein Mund steht sprachlos offen. Kein Laut dringt nach draußen.)

Deine Seele will den Körper verlassen. Doch du lebst - sollst weiterleben. So darf sie nicht hinaus, muss bleiben, wo sie ist - in dir.

Lange Zeit geschieht nichts.

Dann aber naht irgendetwas.

Deshalb also wolltest du schreien. Deshalb wolltest du allem (dir) ein Ende machen, weil du es wusstest, weil du ahntest, was da auf dich zukommen wird. Denn lange zuvor nahm es der Teil von dir wahr, der aus Stein ist. Denn die Erde, also auch der Fels, alles bebt nun gewaltig. Wind kommt auf, Böen vermehren sich und wirbeln Sand heran und wachsen sich aus zum Sturm. Blitze zucken vom Himmel und treffen deinen Körper. Dann erreicht dich der grollende Donner, wird eins mit dem Beben der Erde unter und hinter dir.

Du aber brennst längst lichterloh. Diese Schmerzen!!! Es gibt keine Worte - du bist ein einziger Schrei - und weder Erinnern noch Zukunftsschau - nie mehr. Es gibt nur die Gegenwart, und die heißt »jetzt«:

Jetzt schreit jede Zelle deines Körpers.

Jetzt sind die Schmerzen da und wollen nicht enden. Niemals!

Nie?

Alles ist vorbei!

Was ist vorbei?, wunderst du dich. Denn da ist kein Erinnern an irgendetwas zuvor, bis auf diesen einen Satz, was immer er auch bedeuten mag.

Du bist am Ufer eines Sees erwacht. Geboren!, singt es in dir, geboren!

Du liegst im hohen Gras. Ein Spinnennetz, ein leuchtendes Rad, funkelnd von Morgentautropfen bewegt sich sanft ganz dicht über deinem Gesicht im Wind, der auch deine Wangen streichelt.

Wie schön das Leben doch ist, denkst du - einen Augenblick lang. Denn schon bricht die Angst hervor, Gedanken rasen und singen dir zu: Alles ist viel zu schön, um wahr zu sein, irgendetwas ist hier sicher faul.

So ist es!

»Nein! Nicht schon wieder!«

Wieder?

Erinnerst du dich?

Ja! Jetzt erinnerst du dich an die Feuerhölle, in der du brietst.

»Nicht Schwein am Spieß, sondern Mensch auf Stein, haha!«, grölt irgendwer von irgendwo.

Hier jedoch ist nirgendwo Feuer. Hier herrscht das Wasser. Der See schwillt an.

Du willst dich aus deiner Rückenlage erheben.

Doch du kannst es nicht. Irgendetwas hält dich fest.

Du schaust zur Seite.

Da siehst du die Wurzeln, die dich an Füßen und Beinen und Armen halten und auch deinen Hals umschlingen.

Noch immer steigt der See.

Jetzt umspült dich Wasser.

Du willst um Hilfe schreien. Du tust es, obwohl du weißt, dass es sinnlos ist. Dein Mund öffnet sich, Wasser strömt ein. Gurgelnd verklingen alle Laute. Deine Lungen versuchen zu atmen. Sie atmen Wasser, denn längst hat es auch deine Nase bedeckt. Du hustest und röchelst und schreist auch schon nicht mehr.

Zuckend und voller Qualen stirbt dein Körper von neuem - doch diesmal nicht im Feuer, sondern in der Wasserhölle.

Du erwachst.

Erinnerst du dich?

Ja, du tust es.

»Ich bin t o t, spricht deine Seele und niemals mehr dein Mund.«

Einst lebte ich, dann starb ich und verbrannte und ertrank und nun ...

Du »schaust« dich um, drehst dich flimmernd im Kreis.

Schwarz ist die Welt. Doch die winzigen Sterne und Galaxien leuchten hell und klar.

Jetzt bin ich im All.

Wo und wann ich bin, spielt keine Rolle, *was* aber wird nun mit *mir* geschehen?

STERNE

Brachen wir nicht auf?
Ja!
Zu den Sternen?
Ja! Ja!

Und was fanden wir
dort *draußen*?

Und *was* brach auf
in *uns*?

Tiefste Höllen

STURM UND SCHREIE

Wind weht
Sturm bläst

Wir alle schreien
in den Tiefen der Meere
Wir alle ersticken
in Meeren von Sand

Wir alle stecken
im Stein – zu Eis gefroren

Wir alle zerfließen
in Luft

Tod führt zur Hölle
Hölle führt zu neuem Leben
Jeder hat einen Teufel in sich
den alten Drachen unserer Träume
Ian Watson

Denkbare und gedachte Möglichkeiten, was mit einem Menschen nach seinem Tod passiert:

1. JÜDISCH, CHRISTLICH, ISLAMISCH

Körper und Seele existieren. Der Messias wird kommen / ist bereits erschienen (Jesus, Mohammed), der das ganze Volk oder jeden Einzelnen erlöst.

Dein Körper stirbt, ist tot, wird beerdigt. Deine Seele jedoch vergeht nicht, sondern überlebt den Körper und geht mit oder ohne Feg(e)feuer, worin die mit leichteren Sünden Behafteten geläutert werden, nach einem Zwischenzustand zwischen eigenem Tod und allgemeiner Auferstehung in den Himmel (Garten Eden, Paradies) oder die Hölle (Gehinnom, Gehenna, Dschehnna) ein. Wohin sie endgültig kommt, entscheidet sich beim Jüngsten Gericht. Doch kann die Gnade GOTTes, der als einziger ewig ist, während alles andere vergeht, jeden Sünder letztendlich aus der Höllenqual erretten.

2. HINDUISTISCH, BUDDHISTISCH

Körper und Karma existieren.

Dein Körper stirbt, wird verbrannt und in einer Urne aufbewahrt, in den Fluss gestreut oder das Fleisch wird zerhackt und von Geiern gegessen. Dann folgt der *Bardo*, wo du als Zwischenzustandswesen in der Form lebst, die du bei deiner Wiedergeburt (als Mensch, Halbgott, Gott oder als Tier, Hungergeist, Höllenbewohner) haben wirst. Und du wirst ewig und immer wieder wiedergeboren, es sei denn du erreichst selbst oder durch Boddhisatvas die Erleuchtung und gehst im Nirwana auf.

3. NATURWISSENSCHAFTLICH*

Nur dein Körper existiert, der hat Geist. Der tote Körper aber wird gegessen, abgebaut und bleibt so dem Stoffkreislauf der Erde erhalten. Eine Seele gibt es nicht, also auch keine ruhelosen, spukenden Geister, keine Zwischenbereiche, weder Himmel noch Hölle. Du stirbst als Person. Alles, was deinen Körper ausmachte, die Materie, sie wird recycelt, umgewandelt, existiert weiter. Zudem bleibt ein Teil von dir in deinen Genen (in den Kindern und Verwandten) bestehen. Dann sind da noch die Meme, wie sie Dawkins nannte, das sind deine großen Werke und die Erinnerungen an dich, die dich eine Zeitlang überleben.

*: *Augenblicklich anerkannter Stand der Dinge, morgen mag es / wird es ganz anders aussehen.*

Wir sind durch die Tore des Todes gegangen. Schau, unser Fleisch essen die Fliegen! Sie tupfen die Flüssigkeiten auf, zu denen wir zerfallen. Dann legen sie ihre Eier in unser Fleisch. Wimmelnde Maden ernähren sich nun von uns. Sie sind jetzt überall, sind unsere neuen Kinder. Denn wir sind durch die Tore des Todes gegangen.

Andernorts faulen die Früchte unter den Bäumen, kommen die Wespen, angezogen vom süßen Duft und lecken die Säfte auf und wissen nicht, dass die Obstkerne neues Leben für die Pflanzen bedeuten und wie nah sie selbst dem Tode sind.

Schau! Unsere Knochen aber bleichen, o nein, nicht im Sonnenlicht des Sommers, sie bleichen im Schatten dieser Kerkerhöhlen, bedeckt vom gefallenen Laub des Herbstes. Hier starben wir, vergessen von unseren Henkern, vergessen von der Welt, die sich über alles empört - sofern sie davon erfährt und es sie irgendwie berührt - und doch so wenig tut. Hier hörte niemand unsere nicht enden wollenden Schreie. Auch wir selbst vernahmen sie schließlich nicht mehr.

Einer aber unter uns schrie nicht. Lächelnd saß er mitten unter uns. Er sah nicht den grinsenden Tod. Er würde ihm nie begegnen.

Damals wussten wir all dies noch nicht, doch nun ...

Er ging lächelnd hinüber.

Wir aber wurden schreiend getrieben und gestoßen. Wir wissen nicht, wo er jetzt ist. Unter uns jedenfalls ist er nicht mehr. Hier sind nur wir. Hier, das heißt jenseits der Tore des Todes, auf einer anderen Erde - in einer anderen Hölle.

»Ich bin das Tor!«, rief er einst zu irgendeiner Zeit an irgendeinem Ort der Erde.

»Ich bin das Tor!!«, schrie er.

»Ich bin das Tor!!!«, brüllte er.

Und sein Mund öffnete sich weit und weiter und immer weiter und weiter und ...

Nur noch Mund war jetzt sein Kopf. Dann war auch schon der Rest seines Körpers hinter dieser gigantischen Öffnung zum bedeutungslosen Anhängsel geschrumpft.

Also waren da längst keine Lippen mehr, keine Zähne, keine Zunge, kein Gaumen.

Nichts war da nun mehr als Schwärze.

Und die Schwärze wuchs und breitete sich aus und schluckte alles ringsherum, so, als wäre da ein kleines Schwarzes Loch, das immer größer werden wollte.

Und so war es.

Und so geschah es.

Und wir alle – Menschen, Tiere, Pflanzen, Häuser, Städte, Täler, Berge, Flüsse, Wolken, die ganze Erde mitsamt der Mondin und all den anderen Planeten des Systems und selbst der Sonn, wir alle wurden von ihm verschluckt.

Mag sein, dass sich der Mund dann wieder schloss. Wer von uns, die wir in ihm sind, kann das wissen!

Und du, der du dies alles liest und nicht so träumen kannst wie der, der diese Worte schrieb, legst dieses Buch aus der Hand und murmelst vor dich hin: »Jaja, na klar, da war ein Tor, er war ein Tor. Ein Tor ist der, der solchen Blödsinn von sich gibt.«

Er kniete auf schwarzer Fläche, sah sich um. Der Raum war leer.

»Wo bin ich?«, fragte er laut in die Leere, drehte sich auf den Knien im Kreis.

Wie?

Auf einer sich drehenden Scheibe durch die Leere gleiten, dachte er noch.

Die Schwärze verschwamm, verschwand.

Eine andere Schwärze stieg ohnmächtig auf.

Erwachen.

Habe ich dies alles nur geträumt?

Ging ich nicht eben noch irgendwo auf irgendeiner Straße irgendwohin?

Kniete ich nicht gerade noch in der Leere?

Träume ich?

Er lag in einer grünen Sommerwiese.

Summen und Brummen von fern, von nah. Heuschreckensirren. Sprünge durch das hohe Gras.

Was tue ich hier? Wie komme ich hierher? Was war vorher? Was geschah?

Lauernde Spinnen in Trichtern - Trichternetze überall. Baldachingespinste mit der Bewohnerin, die mit dem Rücken zur Erde hin unter der Decke hängt. Radnetze mit zickzackförmigem »Stabiliment«, gelbschwarzweiß gestreift sitzt die Wespenspinne gut getarnt darauf.

Er stand auf und sah den roten Sonn untergehen - gewaltig groß am Horizont.

Mit einem Schlag brach die Nacht über ihn herein wie eine Flut.

Ein merkwürdiges Krächzen, nein, Zischen, Maschinengeräusch, ein großer lautloser Schatten zog über ihm dahin.

Eine Fledermaus? Doch so groß? Hier bei uns? (Doch waren es Schleiereulen, die Mutti dort oben, die Kinder nicht fern, was er niemals erfahren sollte).

Dann war da das Zirpen der Heimchen am Haus, in den Straßen der Stadt, in dieser warmen Sommernacht. Er ging hinaus, weil etwas ihn hinausgerufen hatte, noch immer rief.

Dort oben sah er die Volle Mondin leuchten, die nur wenige Kilometer entfernt in einem Park einer anderen Stadt, der gar kein Park ist, sondern nur ein kreisrunder, platanenumstandener Platz*, einen jungen Mann rief und rief und ihm fantastische Träume schickte, die letzten, die er jemals auf Erden in diesem einen von vielen Leben sah.**

Ihn hier aber rief die Mondin nicht.

Und dennoch folgte er einem Ruf, einem Krächzen und Murmeln und Dröhnen und Stapfen, das da aus tiefsten Tiefen empor in ihm erklang.

Diese schwarzen Höllen in mir?, dachte er noch, während er immer weiter ging.

Dann wurde alles schwarz.

Er sah nichts mehr ...

Er kniete auf schwarzer Fläche, sah sich um. Der Raum war leer.

»Wo bin ich?«, fragte er laut in die Leere, drehte sich auf den Knien im Kreis.

Wie?

Auf einer sich drehenden Scheibe durch die Leere gleiten, dachte er noch.

Die Schwärze verschwamm, verschwand.

Eine andere Schwärze stieg ohnmächtig auf.

Erwachen.

Habe ich dies alles nur geträumt?

Ging ich nicht eben noch irgendwo auf irgendeiner Straße irgendwohin?

Kniete ich nicht gerade noch in der Leere?

Träum ich?

*: Kolpingplatz in Kaiserslautern
**: Siehe Rainar Nitzsche: *Ruf der Mondin, Im Licht der Vollen Mondin, Mondin-Schein und Sein*.

Der Tunnel, der irgendwo begann, und dann ...

Früh morgens, 7.15 Uhr. Du steigst wie immer in den Zug, den Zug zur Arbeit. Kaiserslautern - Winnweiler, beides in der Pfalz, also in Deutschland, Europa, noch auf der Erde, alles klar?

Alles klar!

Der Zug fährt ab, etwas verspätet wie jeden Tag. Zwischen Kaiserslautern und Hochspeyer geht die Fahrt durch den langen Tunnel. Der Zug taucht in die Schwärze ein, die Lichter flammen erst Sekunden später auf.

Beruhigt nimmst du deine vor Jahren begonnenen Texte heraus. Nun hast du etwas Zeit, sie umzuschreiben.

Noch immer fährt der Zug durchs Tunneldunkel. Du blickst auf. Du legst den Kugelschreiber aus der Hand und die Mappe mit deinen großen? noch unveröffentlichten Werken weg. Du schaust auf die Uhr an deinem linken Arm.

Die Zeit steht still, die Sekunden springen nicht weiter. Es ist 7.30 Uhr und ... 13 Sekunden.

O, dreizehn, für andere eine Unglückszahl, doch nicht für mich, meine Glückszahl!, denkst du.

Die Uhr steht noch immer still. Seltsam, die Anzeige sollte erlöschen oder unlesbar sein, wenn die Batterie schwach geworden oder gänzlich leer ist, so wie es bereits einmal geschah. Doch die Uhr steht still. Es bleibt 7.30 Uhr und 13 Sekunden.

Du schaust dich um. Mal sehn, wer sitzt denn da noch so im Zug, in meinem Waggon, auf der anderen Seite?

Ein älteres Ehepaar.

Dann aber ist da auch ein hübsches Mädchen, sorry, eine hübsche Frau. Sie trägt eine Brille, wie du auch, hat aber langes lockiges, hellblondes Haar. Die könnte dir gefallen, ja, sie gefällt dir!

Doch dafür ist jetzt keine Zeit. Denn der Tunnel endet heute einfach nicht. Draußen ist Schwärze. Der Zug rast immer weiter.

Und jetzt gehen auch noch die Lichter aus.

Zunächst wartest du noch, legst Papier und Kuli zur Seite. Ein Defekt? Gleich werden die Lampen wieder leuchten, hoffst du. Doch das erklärt ja noch immer nicht die Sache mit der Uhr. Nein, nein, das kann es nicht sein. Du weißt es besser, woher auch immer die Eingebung stammen mag. Dieser eine Gedanke blitzt wie aus dem Nichts auf:

Es endet niemals. Alles wird von nun an schwarz bleiben. Und der Zug wird weiter und weiter durch die Schwärze rasen, ob es denn noch ein Tunnel ist, durch den wir fahren, oder schon lange etwas gänzlich anderes.

Jetzt kann ich um Hilfe schreien, bis meine Stimmbänder streiken und meine Kehle ausgetrocknet ist und schließlich verzweifelt eindösen. Oder aber ich kann die anderen rufen und mich dann zu ihnen rübertasten. Ja, das werde ich tun, gemeinsam mögen wir stärker sein, zusammen werden wir überleben oder - sterben.

Schon hörst du Frauen- und Männerstimmen.

Aha, auch sie rufen um Hilfe.

Nein, die Sache mit dem offenen Boden, dem freien Fall und der Verwandlung in einen blinden Dämonen geschah ja gar nicht wirklich, sondern nur in einem deiner zahlreichen Träume, einem Tagtraum von so vielen, und den träumtest du vor langer, langer Zeit - dort oben.

Hier und jetzt und ganz real aber steckst du noch immer in der Kabine. Und da ist noch immer kein Halten - Gottlob, kein Aufprall.

Weiter, immer weiter rast du hinab und erinnerst dich noch ein wenig, wie alles begann:

Nicht irgendwo im Nirgendwo, es geschah in der Stadtbibliothek von Kaiserslautern. Dort stiegst du ein.

Mit dem Aufzug – also dem Abzug – halt!, der kein Zug ist, sondern an einem Seilzug hängt – ging es hinab.

Er fiel und fiel und - hört noch immer nicht auf zu fallen. Der fällt und fällt und fällt und - einfach nicht mehr hält.

3 – 2 – E – U – K - ... Lange ist da schon keine Anzeige mehr. Wie sollte dort auch etwas leuchten, wo keine Nummern, Zahlen und keine Lämpchen sind. Selbst der Platz an der Wand reichte sicher nicht mehr aus für all die Etagen, durch die du gefallen bist. Doch wer sagt denn, dass da Stockwerke sind. Denn die Wand, die dich umgab, blieb bestehen. Kein Fenster nirgendwo, das dir auch nichts nützte, wäre dort draußen nur das, was sicherlich dort ist: Schwärze.

Noch immer brennt hier Licht im Innern. Zeit, eigentlich eine gute Gelegenheit, die silbrig-metallische Schalttafel einmal genauer zu studieren. Aluminium. Und was steht drauf?

Hydraulik-Systeme (und ein Firmenname, den wir lie-
ber nicht nennen). Max. 630 kg oder 8 Personen (da
rechnet man also pro Person mit fast 80 kg, manche
(zum Beispiel ich) wiegen aber schon 90. Doch acht Er-
wachsene passen hier in diese kleine Kabine ohnehin
nicht rein, es sei denn gestapelt und gepresst - welch
hübsche Höllenqual, zudem noch wunderbar geeignet für
einen neuen Guinness-Rekord - oder gibt's den schon?

Dann ist da noch eine lange Griffleiste aus Holz zum
Festhalten.

Schwarze Knöpfe und weiße Schilder sind daneben
angebracht. Und darauf stehen die weisen Worte:

E	Eingang, Belletristik
U	Sachbücher
K	Basar

Nicht tief genug, zu klein für eine Bahre, erinnerst du
dich, der du einst einmal im Keller beim Bücherbasar bei
einem epileptischen Anfall vom Hocker fielst und oben
in der Bibliothek in die Wachwelt zurückgerufen (»Hallo,
Herr Olsen, hallo!«) dich in einem Krankenstuhl sitzend
wiederfandst! Das linke Schlüsselbein war gebrochen,
und einen Tag später hatte sich der ganze Hautbereich
ringsum höllenherrlich dunkelblau gefärbt.

Fortsetzung s. Abzug (5)

Wer tut da was?

Oh, wie ungeheuerlich, ein Ungeheuer - ES hält einen bleichen Riesenschädel, nein, nur einen halben Schädel und diesen auch noch umgedreht, so dass er eine Schale in seinen Händen bildet.

ES isst!

Und da sind so viele Menschen.

Scharen von Menschen sind da - eine lange, nie endende Reihe - sie alle wandern träumend in die Schädelschale hinein.

Du siehst dies alles - nein, nein, nicht mit deinen Augen dort draußen - mag ja sein, dass du ja selbst in der Reihe stehst und deinem Ende entgegengehst. Du siehst dies alles in dir. Du siehst sie alle: sie und ES.

Du rufst.

Doch niemand hört dir zu. Niemand dreht sich um. Niemand verharrt auch nur einen Augenblick.

Also rennst du hin.

Aha, Gott sei Dank, dann bin ich ja nicht dabei!

Jetzt aber siehst du dich doch mitten unter ihnen.

Du schreist noch einmal, nun im wahrhaft eigenen Interesse: »Wacht auf!«

Wir wachen nicht auf.

Nie mehr!

Stumm folgen wir alle dem Ruf.

So schreiten wir zur Schlachtbank hin.

Dort werden wir sterben.

Die Toten wandern in SEINEN Mund, in SEINEN Schlund.

ES scheißt sie aus - in andere Höllen, wo andere Wesen sehnsuchtsvoll auf sie warten.

O ja, großen Hunger haben sie alle dort unten, sie essen das, was von oben kommt, ganz wie die Tiefseeorganismen am Meeresboden.

Die Höllenbewohner aber werden dort noch ganz andere Dinge mit den Menschlein tun, als sie nur ein einziges Mal zu verschlucken und zu verdauen.

Und wenn nicht alles endet oder immer und immer wieder ohne Pause wiederkehrt, so gehen die Seelen der Toten in Himmel oder Hölle ein. Unter der Erde wartet die Welt, das Reich, wohin die Seelen der Verstorbenen gehen.

ABADON, das ist das heiße Feuer im Süden.

DSCHEHENNA (GEHENNA) ist der Name des bodenlosen Abgrunds, wo ewig Feuer brennen. Hier ist der Ort, wo ihr eure Kinder dem *Moloch* opfert.

HADES, so lautet *ein* Name von vielen (ORCUS ist ein anderer), so nannten Menschen einst die Unterwelt. Und beide Worte stehen zugleich für einen kleinen Gott. Im Westen der Erde, wo der Sonn im Meer versinkt, dort in weiter Ferne liegt der Eingang. Fünf Flüsse fließen dort unten träge dahin, deren Namen lauten: *Acheron*, das ist das Leid, *Kokytos*, das Warten, *Lethe*, die Vergessenheit, *Pyriphegethon*, das Feuer und schließlich der, dessen Namen noch heute in Millionen Menschen weiterlebt: *Styx*. Er ist es, bei dem einst die griechischen Götter ihre Eide schworen.

Charon ist der Name des Fährmanns, der die Seelen der verstorbenen Menschen mit seinem Nachen hinübersetzt, dorthin, wo am Eingang zur Unterwelt der dreiköpfige Höllenhund *Kerberos* - Kind des feuerspeienden Riesendrachens *Typhons*, des Hunderthäuptigen mit seinem schlangenbesetzten Körper, und von *Echidnam*, die halb Mensch, halb Schlange ist, Wache hält, auf dass kein Lebender die Unterwelt betrete. Und doch gelang es einigen Helden, deren Namen wir immer noch kennen: *Äneas, Orpheus* und *Odysseus.*

Und hier, Mensch, wirst du gerichtet. Denn wenige nur betreten die Gefilde der Seligen - *Elysium* im Westen am Strande des Okeanos, als *Insulae fortunatae* im Meer gelegen. All die anderen aber werden in den TARTAROS geworfen, die Stätte ewiger Verdammnis. Schwärzer als die schwärzeste Nacht ist dieser tiefste Abgrund und von einem Feuerstrom umflossen (gleich dem Universum mit Namen *T-her**).

Andere Menschenvölker, andere Religionen kennen andere Unterwelten an anderen Orten zu anderen Zeiten.

NIFLHEIM ist die Unterwelt weit im Norden, wo die Wüsten eisig sind.

SCHE'OL heißt Höhle, das ist die finstere Unterwelt, wo die Geister nach ihrem Tod weilen.

Andere Tote aber kehren immer wieder, immer und immer wieder, wie einst *Osiris*, dem *Isis* wieder Leben gab. WIEDERGEBOREN mit dem Winde kehren die Toten zurück.

All dies aber sind die äußeren Höllen, die die Seele des Toten gefangen halten. In dir aber brennt die Hölle, die du dir selbst erschaffen hast. Jetzt bist du tot und in einem Zwischenzustand mit Namen *Bardo*. Verwirrt kämpfst du gegen die Dinge außerhalb an, die es dort draußen gar nicht gibt, denn sie leben nur durch dich in dir. Also quälst du dich selbst und gebierst deine eigene Hölle.

Rings um dich liegt die Ebene, ragen die Berge auf. Doch sie alle sind aus rotglühendem Eisen, ein von lodernden Flammen erfüllter Raum, der dich von allen Seiten umgibt. Denn selbst die Flüsse sind glühende Lava

---

*: Heimat von ES, ER und SIE in den Pfadwelten von Rainar Nitzsche: *Der Leuchtende Pfad des Magiers, Wandlungen der Drei, Wüsten-Berges-Himmelswelten, Ins All - Im Eins.*

und der Himmel brennt. Dies ist die FEUERHÖLLE.

Doch es gibt auch die EISHÖLLE, geboren aus all den Aggressionen und deinem Stolz, die dich erstarren lassen.

Und dann ist da noch dieses besondere Höllendämmern - ein graues Licht ohne Leuchtkraft, wie wir es in den schlimmsten Tagen Mittelerdes von Mordor* ausgehend kennen.

*: In *Der Herr der Ringe* von J.

»Weshalb nur tut er sich das alles an?«, könntest du fragen, würdest du dich für ihn interessieren. Aber das tust du ja gar nicht.

»Zur Strafe, aus Sühne, zur Buße!«, würde er dir vielleicht nach einer kurzen Pause ganz verträumt antworten und dann verzückt mit geschlossenen Augen fortfahren: »Wegen seines Größenwahns wurde einst ein kleiner Gott in der Hölle wiedergeboren.«

»Was für eine Hölle?«, willst du, neugierig geworden, jetzt aber doch wissen.

»Schau dich um!«, antwortet er dir und dreht sich im Kreis mit geöffneten Handflächen.

»Schau dich einfach um! Anders nennen die Höllenbewohner ihre Welt, denn sie wissen nicht, worin sie sind. Sie gaben ihr den Namen Er...«

»Erde?«, fragst du zaghaft und schüttelst zugleich den Kopf, weil du langsam begreifst.

»Erde!«

Ja, es dauerte lange, genau gesagt: Mehr als 44 Jahre seines Lebens vergingen, bis er das Kirchengemälde verstand, das er einst gesehen hatte, nicht im Original, sondern nur abgedruckt und verkleinert auf Papier. Dieses Bild war es, das die alte Zeit wieder emporbrechen ließ. Jetzt erinnerte er sich daran - und an mehr:

GOTT als alter Herr mit Bart mit ausgestrecktem Arm und Finger weist hinab und wirft nicht den Menschen, sondern einen Engel namens *Luzifer*, den Lichtträger - einer seiner vielen Menschennamen - aus dem Paradies hinaus.

Jetzt geschieht es, jetzt sieht er immer öfter dieses eine Bild in sich und weint - Tränen der Erinnerung?

Stell sie dir vor, versuch es zumindest, denn du kannst es ja nicht: zauberhafte zarte Wesen, vom leisesten Windhauch schon verweht, Wesen voller Fantasie, tanzende Lichter im Sonnenwind, geboren in den gleißenden Feldern von Alpha C., am Anfang noch frei, dann eingesperrt hinter Gittern, im Zirkus weltweit beklatscht, noch geduldet und schließlich gänzlich irr genannt und verbannt.

Diese Wesen aus Traum und Lächeln, diese Wesen aus schaffendem Geist, leben auch schon immer in den Seelen unserer Kinder, den Kleinsten unter den Kleinen, bis sie heranwachsen und in Gesellschaftsfesseln liegen. Dann sind sie tot.

So wuchsen *wir* auf, hier auf Erden, wo unsere Eltern uns Menschen nennen, wir, die wir einst in einem anderen Stern geboren wurden, in seinem Umfeld lebten, nun sind wir hier.

Aus dem Paradies verstoßen, dem Licht, dem Klang, dem Tanz, der Harmonie - hierher verbannt.

Höre unser Schluchzen und Weinen, wenn du denn noch hören kannst bei all dem Action-Fun-Gewinn-Handygeklingel, bei all dem Rate-Reise-Show-TV-Brimborium - bei all dem Höllenlärm!

Grillen – nein, nicht die in deinem Kopf – Grillen im Käfig, die meine ich, diese Grillen hier in der Plastikbox, die ich soeben in der Zoohandlung erstand, ja, genau die.

Da balzen die Männer wie wild zirpend aus der Ferne und in der Nähe die Frauen an und grillen sich gegenseitig nieder.

Und doch sind sie alle zusammen im Käfig gefangen, in der Tragetasche im Supermarkt auf meinem Weg nach Hause.

Und wir Menschen, wie steht es mit uns?

Wer trägt uns wohin auf diesem Planeten, den wir den Namen Erde gaben?

Wer schaut uns zu bei unserem Tun?

Wer sperrt uns ein und lässt uns raus? Wann? Und wo landen wir dann?

Und wenn sich der Deckel nicht öffnet und niemals Wasser kommt, dann sterben sie alle, die Grillenfrauen und –männer und auch die Grillenkinder, all die, die noch nicht erwachsen sind und es in diesem Leben nun niemals mehr werden.

Sie aber wissen nicht, wo sie sind und was aus ihnen wird - nehmen wir mal an, vielleicht wissen sie es ja und ignorieren es und leben einfach nach dem Motto: Nur die Gegenwart zählt, jeder Augenblick ist kostbar. Also haben sie keine Angst und schreien auch nicht um Hilfe.

Wir Menschen hingegen glauben bisweilen zu verstehen, wo wir wie durch wen gefangen wurden.

Todesängste haben wir vor all dem, was vielleicht gar nicht mit uns geschieht, und auch vor dem, was geschehen wird, was wir aber niemals, nie ändern können.

WAHNSINNSTRÄUME

Wahnsinnsträume gibt's - und Höllen und Wahnsinn!

Höllen gibt's, mein Gott!

Doch irgendwo auch Himmel?

Schau dich doch um in dieser »deiner« Welt!

Wo bist du?

In welchem Traum gefangen?

Und wer oder was träumt dies und dich?

Hörst du nicht *Sein* Kichern, *Seine* Schreie, *Sein* Gelächter hinter allen Dingen?

Ja, du, *dich* meine ich, der du diese Zeilen liest und siehst und riechst und hörst und fühlst und vielleicht auch noch denkend verstehen magst!

All die Parasiten in uns und an uns, die bewirken die naturwissenschaftlich anerkannten Höllenqualen. Millionen Bakterien leben auf unserer Haut und in unserem Haar. Läuse gibt's da bisweilen und Flöhe. Zecken beißen sich fest, Bettwanzen stechen uns mit ihren Rüsseln an und saugen heimlich nachts unser Blut. Und Stechmücken brauchen das Wirbeltierblut für die Entwicklung ihrer Eier. Bandwürmer und Spulwürmer leben im Überfluss in unseren Därmen, wo nicht nur die eigenen Darmbakterien, sondern auch auch die anderen und *Candida*pilze gedeihen.

Und dann gibt es ja noch jede Menge Krankheiten, die uns oder unser Vieh ziemlich fertig machen: Grippe und Krebs, Rattenpest und Vogelgrippe, Rinderwahnsinn, Tollwut und vieles mehr. Viren und Bakterien vielerlei Art verursachen sie.

Auch sind da noch überall diese Umweltgifte: Quecksilber in den Zähnen, Handystrahlung im Kopf, ein Übermaß an Sound in den Ohren und, und, und ...

Und erst wir Menschen untereinander. Wir sind ja wirklich nett zu unseren Nächsten. Erfinderisch sind wir und äußerst beharrlich dabei, wenn es darum geht, uns selbst mit den kleinsten Nebensächlichkeiten das Leben zur Hölle zu machen. Den einen Nachbarn stört der Lärm vom Papagei des anderen, der Opa beschießt mit der Wasserpistole die Tauben auf seinem Dach, um sie am Brüten zu hindern. Ein Junggeselle Ende Vierzig hatte einst einmal so seine Probleme mit einem Kunden, der oft gemahnt seine Rechnung für ein Spinnenbuch nach über neun Monaten mit doppeltem Betrag bezahlte und erst dann erwähnte, dass er familiäre und finanzielle Probleme gehabt hatte. Dann wartete dieser nicht mehr so junge Nichtgeselle sage und schreibe 4 Monate und 24 Tage auf ein Arbeitszeugnis. Erst durch die Einschaltungen von Helfern gelang es ihm, eine zweiseitige Aufzählung seiner Tätigkeiten zu erhalten, ohne ein Wort des Danks, von einer guten Note einmal ganz zu schweigen, für seine Arbeit, für die der Betrieb keinen Cent Honorar zahlen musste, denn das kam vom Sozialamt der Stadt - Stichworte: ALG2 (Arbeitslosengeld 2, Hartz IV), Eineurojob, dann Arbeitsvertrag für ein Jahr und noch ein Jahr mit 80% vom untersten Arbeitergehalt ohne Weihnachtsgeld, ohne Urlaubsgeld. Und dieser Typ hatte studiert, Diplom, einen Dr.-Titel und einen anständigen Beruf noch dazu. Was es so alles gibt, das glaubt kein Mensch. Tja, und diese Exchefin war auch mal in der Politik gewesen. Spätestens da hätte ihm alles klar sein müssen. Und dann war sie auch noch in der Partei, die er selbst schon seit vielen Jahren wählt und deren Name eine Farbe ist. Oje, *Schöne Neue Welt**, in der er und ich und du, in der wir alle leben!

Doch diese Dinge sind ja nur Lappalien, über die wir uns aufregen, mit der wir unsere kostbare Lebenszeit vergeuden. Andernorts geschehen andere Dinge: Dort brennen Häuser ab, rutschen Hänge mit ihnen weg oder werden von der Regierung eingerissen. Flüsse treten über ihre Ufer, ganze Landstriche versinken im Wasser oder verdorren und verbrennen. Andernorts verhungern und verdursten noch immer zahlreiche Menschen, töten sich Kindersoldaten, werden junge Mädchen und Jungs beschnitten und vergewaltigt, verkaufen ihre Körper, bekommen AIDS und geben es weiter.

Welch Paradies - für Lug und Trug und Laster - die Erde doch ist!

*: Romantitel von A. L. Huxley

Entweder so oder so?

Nein! dachte er, es könnte auch alles ganz anders sein. Nicht entweder: Die Seele lebt nach dem Tod deines Körpers weiter. Nicht oder: Alles ist mit dem irdischen Tod zu Ende.

Was ist, wenn es der Glaube ist, die Religion, die Hoffnung, die Angst, die sich fortsetzen?

Und wenn da nichts ist, setzt sich eben nichts fort?

Dann findet sich der gläubige Christ in *seinem* Himmel, *seiner* Hölle oder *seinem* Fegefeuer wieder und wird eines Tages das Jüngste Gericht erleben.

Dann weilt der Moslem in *seinem* Paradies oder *seiner* Dschehenna.

Der Materialist aber erlischt.

Denn so voller Vielfalt wie das Leben auf der Erde könnte die Welt geschaffen sein.

Alles könnte wahr sein.

Und wir Menschen schlugen und schlagen uns die Schädel ein, weil jeder Recht haben will!

Warum sollte es nur *eine* richtige Wahrheit geben?

Und all dies Morden und Leiden unter Menschen für die *eine* Wahrheit, die es gar nicht gibt, die nur *eine* unter *vielen* ist, was oder wen auch immer es betraf - den Propheten, den Messias, den Erlöser, seine Lehre für das Leben auf Erden oder den Glauben an ein Jenseits -, wäre völlig unnötig und überflüssig gewesen!

Und nun schreien wir unsere Ängste in die kalte, eiskalte Nacht dieser öden Welt.

»Ist da wer?«, rufen wir. »Ist da irgendwo wer, der uns sagt, weshalb?«

Ich glaube, wir sind ...

Und wir dachten, dort wären Feuer und Folter und Teufel.

Doch alles ist hier anders, als wir es uns je vorgestellt haben.

Denn hier ist nur eine öde Erde, eine Wüste, und alle - bis auf einen - wurden wir hergebracht.

Ach, ich fürchte, unser Weg bis zum Nirwana ist noch weltenweit, dauert noch kleine Ewigkeiten.

Sagte ich eben »Nirwana«? Was ist das? Ich kenne die Bedeutung dieses Wortes ja gar nicht!

Aber lassen wir dieses nutzlose Geschwätz!

Kalt weht der Wind. Überall ist Nacht um uns.

Wir hören das Heulen von Wölfen, wenn es denn Wölfe sind.

Wir brauchen Schutz!

»Leute, kommt! Lasst uns ein Haus bauen! Lasst uns Wasser suchen und Nahrung! Lasst uns Frauen suchen und Kinder zeugen und diese Welt hier neu besiedeln!

Unser Weg ist noch so weit, so unendlich weit, und diese Erde noch so leer, diese Erde, in die wir soeben erwachsen hineingeboren wurden - *neu* geboren, *wieder* geboren, *wiedergeboren*.«

Was ist das?

Wind weht
Wiegt sich das Gras
Menschen sind da mittendrin

Kommt der Schnitter
Sensenstahl – Maschine

Grünes Blut und rotes Blut
fließen nun zusammen
Schmerzens-Todesschreie

Stille

»Was passiert?«, willst du wissen. »Schau doch! Dort-hin, ja dort ... jetzt!«

Verwundert drehst du deinen Kopf in die Richtung, die seine linke Hand dir wies ...

Und schon bist du im Spiel. Du rennst. Denn etwas ist hinter dir her.

Doch du kommst nicht vom Fleck. Halt, vielleicht doch ein winziges Bisschen zu Beginn und noch ein we-nig mehr. Dann jedoch bewegst du dich nur noch im Schneckentempo.

Zeitlupenlauf unter dunklem Himmel. Wüstenweite. Menschenleer ist das Land. Kein Laut, kein Leben, kein Wind. Da sind nur du und der weiße Wüstensand unter deinen Füßen.

Kurz drehst du den Kopf nach hinten.

Rote Wolken rasen dort heran, sind hinter dir her, ver-folgen dich!?

Roter Sand? Aber der ist doch weiß! Oder bin ich auf dem Mars?

Rotes Licht, rot wie ... B l u t !, wie Wirbeltierblut, brüllt Entsetzen in dir auf.

»Lauf, lauf schneller, sonst holt es dich ein!«, schreist du dir selber zu.

Du gehorchst dir, tust es: Du läufst und läufst und läufst.

Lange Zeit geschieh sonst nichts.

Dann aber hörst du Sein Lachen, von weit, von fern.

Er ist es, der dir diesen Weg in diese, Seine Welt wies.

Seltsame Gedanken steigen in dir auf:

Ja, vermutlich bin ich längst tot, oben / unten / gestern auf Erden gestorben, und mein Geist, meine Seele, mein KA, mein Selbst, das alles ist, was von mir blieb, läuft körperlos durch einen Albtraumtag und eine Albtraumnacht weiter und immer weiter und weiter und ...; weil es noch nicht begriffen hat, dass es längst tot ist. Ist diese Welt hier der Zwischenzustand, auch *Bardo* genannt?

Wie auch immer du das hier nennen willst, was dich umgibt, in dem du bist, in dem du läufst, Namen waren schon immer und sind nur Schall und Hall.

»Wohin bin ich unterwegs?«, flüsterst du dir selber zu und schaust dich nicht mehr um.

In den Himmel, ins Paradies, ins Licht, wo auch immer es liegen und wie es sein mag?

»Nein, wohl eher zur Hölle hin! -Stecke ja schon voll in der Scheiße drin.«

Das aber hättest du nicht sagen sollen.

Denn schon hat das Wort Gestalt angenommen.

Du versinkst in einer stinkenden Kloake.

Ein letztes Mal - hier oben und in diesem Augenblick - atmest du noch.

Dann ist da nur noch ein Röcheln und Würgen.

Und Wind bläst Sand über den Treibsand fort - hin an anderen Ort.

Zunächst ist da nur eine Treppe. Leuchtend grün sind ihre Stufen. Sie phosphorisieren im Dunkel.

Eine einfache Treppe von Stockwerk zu Stockwerk - also auch in den Keller. Oder aber ist's gar eine Wendeltreppe, die sich in endlosen Serpentinen nach irgendwohin zu winden scheint?

Von diesen Aussichten lässt du dich jedoch nicht im geringsten abschrecken. Mutig setzt du Fuß vor Fuß. Es geht voran – doch nicht hinauf, es geht *hinab*.

Erinnern: Ging es da nicht einst einmal, irgendwann und irgendwo - es mag es in einem anderen Leben gewesen sein? - eine enge Treppe *hinauf*. Ja, das geschah doch in einer Kirche, Münster genannt, in Straßburg war das, ja, so hieß die Stadt.

Doch das ist längst vergangen. Jetzt ist jetzt. Jetzt bist du hier.

Also konzentrierst du dich wieder, gehst weiter, setzt Fuß vor Fuß, voran – immer weiter geht's hinab.

Zeit verrinnt, und mir ihr dein Leben.

Noch einmal sind da Gedanken, sprudeln empor: Irgendwann habe ich irgendwo diesen Weg betreten. Doch wann und wo, weshalb?

Geburt – Leben ... und schließlich folgt der Tod - für all die, die einmal geboren wurden.

Wohin wird dieser Weg mich führen?

Die Wendeltreppe ist zu Ende.

Es ist geschehen, was du dir immer erhoffst. Du hast es geschafft! Endlich!

Doch bin ich wirklich unten angelangt?, denkst du noch einen Augenblick. Wenn ja, wo bin ich dann?

Dann brichst du vor Erschöpfung zusammen.

Schwärze.

Du öffnest deine Augen. Da ist ein rotes Leuchten, das winzig zunächst immer mehr wächst, näher und näher kommt.

Es zeigt dir, wo du bist.

Du drehst dich im Kreis und schaust dich um.

Hinter dir endet die Wendeltreppe, die nun verschwimmt und zu Staub zerfällt. Denn sie hat ihre Aufgabe getan. Denn auch sie ist, wie alle Dinge in diesem Universum, nicht unsterblich.

Einbahnstraße, einfache Fahrt, one-way ticket, da führt kein Weg zurück!?

Das Licht wird schwächer und schwächer. Wer dreht denn hier den Dimmer runter?

In dir flüstert eine männliche Stimme: »Du musst weiter hinab. Vor dir liegt eine schräge Ebene, auf allen Seiten umgeben von festem Fels. Das ist dein Weg, den du zu gehen hast.«

Du gehorchst ihm, wer auch immer er sein mag. Du gehorchst, weshalb auch immer.

Jetzt in der Schwärze, seitdem der Tunnel sich immer enger um dich schloss, lässt du dich auf alle Viere hinab, hältst deinen rechten Arm vorgestreckt.

So kriechst du voran, immer weiter hinab, ohne müde zu werden, ohne durstig zu sein.

Wie lange wird dieser Weg dauern?

Wirst du ihn bewältigen?

Was wird dann geschehen? Wirst du noch robben müssen oder dich schlängelnd als Schlange vorwärts winden?

Wo wird all dies enden?

Dies waren deine letzten Menschengedanken. Sie empfing ich von dir. Seither war da nur noch Schweigen.

Einst traf ich ihn.

Wo es war?

Daran kann ich mich beim besten Willen nicht mehr erinnern. Irgendwo und irgendwann aber muss es ja gewesen sein, wenn es denn geschah. Dort also traf ich ihn.

»Wer bist du?«, fragte ich.

Er aber, ein Mensch wie du und ich, antwortete nicht, sondern sah mich nur träumend an.

Stimmen begannen in mir zu flüstern. Dann brachen Bilderfluten über mich herein. Gerüche und Tastempfindungen folgten.

So also schickte er mir seine Träume.

Ich sah und hörte und fühlte ihn und die Welt ringsum, in der er sich bewegte:

Einst stand er aufrecht mit weit ausgestreckten erhobenen Armen reglos auf einem Hügel - gewaltig an Größe und mächtig wie ein Gott.

Dann wieder kauerte er winzig und zitternd vor Kälte und Angst in einer Felsennische tief unten im Tal.

Hier und da und immerfort sah ich ihn.

Einmal hörte ich ihn auch ein Lied singen, das meine Seele erzittern ließ.

Und eine Träne verließ mein rechtes Auge bei all der Melancholie, die in ihm klang, die aus ihm drang und mich umschlang.

Doch den Inhalt seiner Worte verstand ich nicht:

>>Ich habe meinen Namen
in die Himmel geworfen
Und die Pforten der Hölle
brachen auf - ohne Laut
Und die Erde
wird leer
und tot sein
wie zu Anbeginn.<<

Andere Träume beginne ich nun zu träumen

In einem meiner Träume begegne ich mir. >>Wer bist du?<<, frage ich mich im Spiegel.

Ich aber antworte mir nicht, sondern schaue mich nur traurig an.

Aus meinem linken Auge dort läuft eine Träne ihren Weg hinab.

Verwundert schaust du auf: »*Wo bin ich?*«

Noch immer umgibt dich die Wärme des Sommers - und Stille!

Nirgendwo - und nie mehr? - sind da Menschen neben dir?

Worte waren da noch vor einem Augenblick: vor Sekunden, Minuten oder Stunden. Und nun ...

Auch rauschen die Sonnenschirme im Bastrocklook nicht mehr.

Also weht hier kein Wind. Doch kam er denn auf am Abend, dort drüben, zuvor?

Wo aber bin ich nun?

Nichts zu sehen.

Trübes Licht, doch kein Nebel, kein Dunst, kein Rauch.

Dann zerbrechen donnernd Worte von allen Seiten die Stille:

»W o b i n i c h?«

Das habe ich doch gesagt, eben gerade - oder doch nur gedacht? War es denn vor einem Augenblick oder geschah es bereits vor langer Zeit, irgendwann einmal?

Immer wieder klingt es in deinen Ohren und tief in dir:

»W o b i n i c h?«

Dieser eine Satz, von so vielen Stimmen synchron und asynchron gesprochen, hoch und tief, krächzend und grölend, lachend und kichernd, gesungen und von Menschenmündern, und -kehlen und -lungen und -köpfen und denen ganz anderer Wesen geformt:

»Wo bin ich?« »Wo bin ich?« »Wo bin ich?«

Du stehst auf.

Wovon? Saß ich wo drauf?

Da ist ja gar kein Stuhl!

Was ist ein »Stuhl«?

Und Zeit vergeht.

Vergeht Zeit? Sekunden, Minuten, Stunden?

Was ist das, Zeit?

Das Trübe klärt sich auf und teilt sich in LICHT auf der einen und SCHWÄRZE auf der anderen Seite.

Dort in der Schwärze strahlen leuchtende Punkte.

Und was ist im Licht?

Sind dort nicht auch solche Punkte, aber schwarz, die das Licht schlucken, existieren dort schwarze Löcher im Weiß!

Und wenn es denn so wäre, was haben sie zu bedeuten und was bedeuten diese weißen Punkte in der Schwärze?

Flammen schlagen aus dem Dunkel.

Heiß! SCHMERZ!!! Ich ...

Flammen packen den winzigen Menschen, der eben noch dort stand und über die Dinge der Welt nachsann. Jetzt ist er entflammt, doch nicht in Leidenschaft und Liebe. Flammen haben ihn ergriffen und reißen ihn in die Finsternis fort. Und niemand ist dort, der seinen Schrei hören kann, der kurz nur erklang und längst schon verklungen ist.

Weiter geht dein rasender Fall, als wäre nichts geschehen.

Geschieht denn sonst noch was?

Geschieht überhaupt irgendwas?

Halt! Etwas geschieht doch:

Während du immer weiter fällst oder in höchste Höhen hinaufschwebst, wie willst du das wissen, vergisst du all das, was vor dem Fahrstuhl war, geschah.

In der Ecke sitzend sinkt dein Kopf zur Seite. Du schlummerst langsam ein.

Du träumst. Siehst Wesen und Dinge. Bist mittendrin in den Abenteuern, die seltsamerweise alle eine Überschrift haben, als wären es Geschichten, die sich ein Mensch erdachte, als stünden sie ordentlich sortiert in einem Buch, denn ihre Titel beginnen alle mit Z wie Zimmer und Zug.

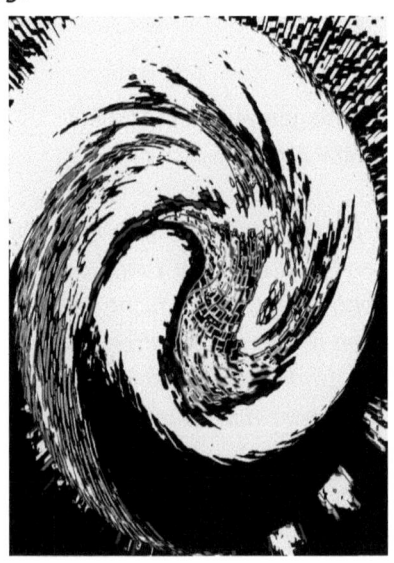

Fortsetzung s. Abzug (6)

Du öffnest deine Augen und liegst nicht etwa oder sitzt - muss wohl kurz weggetreten sein, die Müdigkeit, denkst du -, sondern stehst mittendrin - in einem Zimmer voller Türen.

Überall Türen, nichts als Türen, du siehst die Wand nicht mehr vor lauter Türen. Türen sind da in allen Größen: gigantische Tore, winzige Türchen neben den Riesen, aber auch in große Tore integriert. Türen in Türen in Türen in ... Soweit dein Auge reicht, sind da nichts als Türen in diesem Zim..., oh, in diesem gigantischen Raum, der eben noch so klein, von einem auf den anderen Augenblick aber enorm gewachsen zu sein scheint, nein, der noch immer wächst, ohne innezuhalten, der immer weiter wächst und wächst und wächst.

Inmitten dieses gigantischen Raumes also stehst du, winziges Wesen Mensch.

So stehst du staunend noch immer an der Stelle, wo du das Bewusstsein erlangtest, drehst dich gelegentlich um deine eigene Achse, um alles zu sehen, stehst dann wieder still und starr so da und stellst dir nun die berühmte Frage. Du denkst sie und flüsterst sie zugleich in den Raum: »Wie komme ich hier nur wieder raus?«

Wie kam ich hier überhaupt rein?, könntest du auch fragen und tust es nicht. Durch welche Tür muss ich gehen? Darf ich gehen, kann ich gehen? Was lauert hinter den Türen, wartet sehnsüchtig auf sein Opfer? Vielleicht liegt es, wenn denn da was ist, auch einfach nur so da, ohne auf mich zu achten?

Während du dies alles denkst und überlegst, für welche Tür du dich entscheiden sollst, schlägt das Schicksal erbarmungslos zu.

Denn, oh Wunder, oh Graus, es öffnet sich eine der

vielen Türen, *die* Tür, die du völlig übersahst, die nicht sonderlich groß, dir aber wirklich sehr nahe ist. Es öffnet sich die Falltür unter deinen Füßen.

Haltlos fällst du und fällst und fällst und fällst.

Da ist kein Ende abzusehen.

Wie sollte auch etwas in dieser Schwärze zu sehen sein!?

Ultraschall haben, Fledermaus sein, denkst du, während du immer weiter welchen Dingen auch immer entgegenrast.

Ob ich diese Geschichte wirklich erlebte oder sie mir nur ersann?, willst du von mir wissen.

Nein, weder das eine noch das andere trifft zu. Er war es, der sie mir erzählte, er, das ist der kleine Verleger, der auch meine Bücher herausgab, der arme, da wird er jetzt noch ärmer werden, hat einfach ein zu weiches Herz, damit bringt er es in dieser Welt niemals zu was. Er war es, er ist es, dessen Namen hier im Buch vor dem Wort Verlag draufsteht. Und das ist die Geschichte, die er mir erzählte:

Stell dir vor, du sitzt im Zug. Es ist Oktober, Herbst- und Buchmessezeit in Frankfurt am Main. Du bist auf dem Weg zurück nach Kaiserslautern. Ach ja! Diesmal warst du nicht als Aussteller, sondern nur als Besucher auf der Messe, wie die letzten Jahre auch, deine Schulden sind hoch genug - okay, immer noch nur fünfstellige Beträge, das sind doch Peanuts für Leute mit Geld und Konzerne, aber du bist eben kein Konzern und kein Typ mit Geld. Doch genug gejammert. Es ging dir schließlich schon schlimmer - gesundheitlich.

»Und es könnte noch viel beschissener sein«, grölt eine Stimme in deinem Kopf. Denn was du noch nicht weißt, ist das, was gleich kommen wird - deine Zukunft, sofern du denn eine hast, hahaha!«

Im Zug, das ist in deinem Fall der *SE* - das steht für Stadtexpress, ein Bummelzug, der fast überall hält, *Dorfbahn* wäre ein passenderer Name, aber sorry, dafür gibt's ja die *SB*, die an wirklich jedem Bahnhof hält. Wie auch immer, dich kostet die Fahrt nichts, ein Vorteil mit Schwerbehindertenausweis und Freimarke für den öffentlichen Nahverkehr.

Es ist Sonntagabend. Der Zug ist voll. Zunächst also ist Stehen angesagt, in und zwischen den Waggons. Lesen, Entspannen sind da nicht möglich, aber da kommt man ins Gespräch. Da konntest du gleich ein paar Verlagsprospekte verteilen, eine der beiden Frauen war auch auf der Buchmesse. Ob sie oder die andere mal reinschauen werden? Und dann gar noch ein Buch bestellen? Mag sein, man kann ja träumen, doch andererseits, vermutlich nicht.

Dann wird endlich auch ein Sitzplatz frei.

Viele kleine Stationen mit Ortsnamen folgen aufeinander, die hast du noch nie zuvor gehört. Aber die ältere Frau dir gegenüber kennt sich aus, sie weiß, was als nächstes kommt.

Und dann ... nein, zunächst stimmt alles noch überein: Vorhersage und die Erfüllung der Prophezeiung, die gar keine ist. Aber beim nächsten Halt taucht ein gänzlich unbekannter Name auf, wohl ein Wort aus einer anderen Sprache - doch in unserem Alphabet geschrieben, wirklich seltsam! Und *das heute*, am Ende des zwanzigsten Jahrhunderts christlicher Zeitrechnung, und *hier* auf dem Weg ins Zentrum der Pfalz.

Du fragst also noch einmal die alte Dame dir gegenüber, die sich ja auskennt, die alles weiß.

Sie aber versteht dich zunächst nicht. Dann begreift sie, schaut verwundert, starr, geschockt. Endlich kommt eine Antwort: «SRRDIRR?«

»Das gibt's doch nicht! Was ist das?«, murmelt sie, denkst du.

Und das wiederholt sich, beginnt zur Gewohnheit zu werden: Ein Ort mit einem seltsamen Namen folgt auf einem Ort mit einem noch seltsameren. Allesamt sind es Orte, die keiner kennt - denn längst haben wir beide uns umgehört: alle schütteln ihre Köpfe. Die Bahnsteige all der Bahnhöfe mit fremden Namen sind menschenleer. Da steigt niemand freiwillig aus. Und - Gottlob - auch nichts steigt ein in SRRDICHH und SRRUNSS und ...

Doch was sollen wir tun, außer Angst zu haben und uns zu empören?

Was können wir tun?

WAS TUN WIR???

Wir sehen alle hinaus in die Nacht und lesen die Schilder mit den seltsamen Namen auf dunklen Bahnhöfen. Denn nur das Wort ist Licht, ein Wort nur leuchtet in grüner Fluoreszenz. Ringsherum herrscht Schwärze.

Dann kommt der nächste Wandel. Mit der Ruhe ist's vorbei. Auch gibt's nun kein Halten mehr. Jetzt beschleunigt der Zug. Schneller und schneller rast er dahin.

Wir spüren es, auch wenn wir draußen schon lange nichts mehr sehen. Dort ist nur noch Schwärze, lauert die Nacht.

Und nun ist da auch noch dieser Druck in den Ohren! Das sind die Tunnel durch die Pfalz.

Tatsächlich?

Was tun wir nun?

Und wer ist noch in unserem Wagen und überhaupt im Zug?

Es reicht. Jetzt endlich stehst du auf und schaust dich um.

Also da sind ja doch noch einige Menschen:

»Nach Hause«, weint ein kleines Mädchen fast wie E. T. - »nach Hause«, aber ohne »telefonieren«, so ganz allein zu später Stund.

»Wo ist denn überhaupt der Schaffner?«, fragt die ältere Dame ihren Mann. »Fahrkarten kontrollieren, aber nicht da sein, wenn man ihn braucht. Typisch Mann.«

»Ich will hier RAUS!!!«, schreit - falsch gedacht - keine hysterische junge Frau, sondern ein junger Mann mit punkermäßig gestyltem Outfit, grell und bunt, jetzt auch noch laut.

»Wo ist die Notbremse?« Endlich ist da ein Mann der Tat! Er findet sie dort oben, löst den Sperrdraht und zieht den roten Hebel runter.

Nichts passiert.

Jetzt wird dir alles klar: Typisch Horrorfilm!

Da geht sowas natürlich nicht. Denn es geht ja abwärts in die Hölle, was diese Blödiane von Filmfiguren (Pseudomenschen) noch immer nicht ahnen, da hast du als Zuschauer mit Vorschau und Info im Programmheft, der du vielleicht sogar auch das Buch gelesen hat, wenn es denn eins gab, ihnen natürlich viel voraus.

Doch wenn das ein Film ist, der hier abläuft, bist auch du nur eine Figur darin, eine von vielen - nicht weniger, nicht mehr.

Und wenn es so wäre, kommt's immer noch darauf an, *wer* du bist. Denn mit den einen passiert dies, mit anderen das. Statisten oder Hauptperson, das ist jetzt und hier die Frage zwischen Nichtsein und Sein. Denn erstere sterben wie die Fliegen. Kaum aufgetaucht, sind sie auch schon niedergemäht, verbrannt, zerquetscht, zermalmt, ertrunken und was weiß ich noch alles.

Doch als Held, da hat man trotz aller Pein nach vielfältigsten Abenteuern die besten Chancen zu überleben, ob man jetzt in einer Eisenbahn in die Unterwelt fährt oder in einem Fahrstuhl sitzt, der kein Stuhl ist oder in einem Aufzug steht, der weder Zug ist noch hinauffährt, sondern einfach nur hinab. Dann taucht man wieder nach langem Kampf nur wenig lädiert siegreich an der Oberwelt auf, wo man jubelnd empfangen den anderen viel zu erzählen hat und wenn man nicht gestorben ist, noch immer lebt.

Tja, das war es, was er mir gerade eben erzählte. Also muss er wohl ein Held gewesen sein. Oder aber er hatte einfach Glück gehabt. Jedenfalls ist er jetzt hier bei mir, trinkt seinen Tee. An mehr als das aber kann er sich beim besten Willen nicht erinnern. Vielleicht fällt es ihm ja noch ein. Dann wird er es bei seinem nächsten Besuch erzählen, mag sein. Ich jedenfalls wünsche ihm keine Wiederholung, keine weiteren Abenteuer dieser Art und auch kein Erinnern an all die Höllenqualen, die er dort unten, wenn er denn dort unten war, erleiden musste.

Noch immer hält nichts den Fahrstuhl auf.

Und doch wird es geschehen. Du weißt es! Denn alles, was einen Anfang hat, hat auch ein Ende.

Dann schreit Angst schrill dort innen in dir auf: Oje, wie mag der Aufprall werden? Batsch! Matsch werde ich sein!

Kalt ist es geworden, fällt dir jetzt erst auf. Wie seltsam! Sollte es nicht zum Innern der Erde hin immer wärmer werden?

Also falle ich längst durch eine der eisigen Höllen im Irgendwo, wo niemals wärmende Feuer brennen?

Sind es die eisigen Wüsten des Alls, Höllen ganz anderer Kaliber als auf der Erde?

Falle ich überhaupt abwärts? Oder aufwärts? Bewege ich mich vielleicht zur Seite hin? Oder gar rückwärts in der Zeit? In anderen Dimensionen?

Wie kann ich das hier drin wissen!? - Ich kann es nicht!

Stille ringsum. War die denn eben schon? Ist sie immer hier bei mir? Führte ich nicht eben noch Selbstgespräche?

Der Fahrstuhl, der kein Stuhl ist, der Aufzug, der abwärts rast, dieser Abzug gleitet anscheinend lautlos durch etwas weites Substanzloses oder von äußerst dünner Konsistenz hindurch. Luft war es zu Beginn, doch umschlossen von Wänden, dann sicherlich Felsen, also Hall im Fall - Lärm.

Stille ringsum.

Um so erschreckender wirkt dann der Schrei, der eine

Schrei, der klingt so schrill und hell und grell in deinen Ohren, tief brennt er sich ein.

Irgendwer ruft um Hilfe.

Es ist ..., ist ... (o, mein Gott!), meine Stimme ist es, die da aus meinem Mund, meinem Kehlkopf, meinen Lungen, meinem Geist von außen und innen und aus allen Wänden ringsum um ihr Seelenheil schreit.

Schwärze.

Ich öffne die Augen in Schwärze. Ich weiß, dass ich noch immer, dass ich immer weiter und weiter falle. Licht strahlt in mir auf, und ich denke nur noch an die eine, die dort oben wandelt unter dem Sonn. Ramona *ist der Name des Lichts, das niemals hier unten leuchten wird, Ramona, meine Liebe! Sie wird einst die Gedichte über uns schreiben. In ihrem Buch wird unsere Liebe für »immer und ewig« weiterleben.*

Erinnern, träumen, vergessen, fragen: Was ist wahr? Was war? Was ist? Was wird sein?

Ein Zug? Nein!

Ein Stuhl? Ja und nein.

Hinauf? Niemals, nie! Hinab ging und geht die Fahrt.

Also ist es kein Aufzug, sondern ein Abzug, in dem ich bin, mit dem ich längst verschmolzen bin, der ich bin. Abzug. Klo. Scheiße!

Hinab mit der Scheiße in die Kanalisation - und die bin ich!

Hinab in die Finsternis und in die roten Meere aus glühendem, leuchtendem Stein.

Hinab in dem, das kein Fahrstuhl ist, das kein Stuhl ist und nicht fährt, sondern noch immer dem Zentrum der Erde entgegenfällt. - Fall. - Abfall.

Irgendwann erwache ich aus einem Traum.

Ich öffne meine Ohren und höre. Ich öffne meine Augen und sehe zum ersten Mal diese neue Welt. Tief atme ich sie ein.

Ich drehe mich im Kreis und rieche mich um. Wahnsinnsschmerzen durchzucken meinen glühenden Körper.

Ich schaue im roten Lavafeuerschein an mir hinab und sehe erstaunt meine Brust aufreißen. Ich falle vor Schmerzen brüllend auf den Rücken.

Dann sehe ich drei feurige Schwerter aufrecht stehend mit erhobenen Klingen aus mir herausschweben, die in mir ruhten und schliefen und warteten, bis ihre Zeit gekommen war. Nun ist sie da.

Meine Kinder sind aus mir geboren.

Denn diese Schwerter leben.

Denn diese Schwerter sind nicht aus vielfach gefaltetem Stahl, sondern von meinem Fleisch und Blut.

Denn diese Schwerter sind ein Teil von mir und werden es immer sein, so wie alle Kinder Teil ihrer Mütter und Väter sind.

Ich aber weiß nun, wer ich hier unten bin. Einst war ich es und bin es nun wieder, zurückgerufen von der Erdoberfläche in die Tiefe.

Ich bin einer von denen, die die Höllentore bewachen.

Dafür dienen mir meine Schwerter.

So fallen nun die letzten Reste meiner menschlichen Hülle brennend von mir ab und versinken unter mir im Staub, gehen auf in Höllenlavaglut.

So verlässt der Dämon seinen Oberweltkörper.

Und dieser Dämon, dieser Djin bin ich.

Jetzt bin ich neu geboren, aus Feuer wiedergeboren - zu Hause.

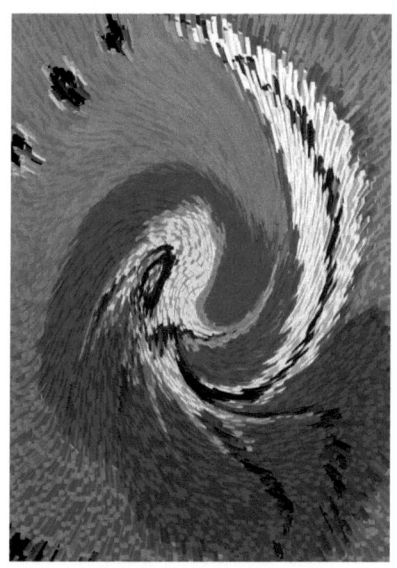

PS meines Verlegers mit einem Titel und einem Fragezeichen von mir:

Selig sind die,
die keine Computerprobleme haben.

Selig?

Ja, jetzt habe ich dir alles erzählt, was ich in letzter Zeit erlebte, was mir irgendwer erzählte. Jetzt weißt du, was war, was geschah. Und du denkst, es waren ja alles nur Hirngespinste, schöne und weniger schöne Ideen, nicht mehr. Und du denkst, wenn davon etwas Wirklichkeit war, dann muss dieser Olaf zwangsläufig davongekommen sein. Denn er ist der Erzähler. Wie sollte er von Abenteuern berichten, wenn er denn für immer(?) schweigt. Er ist der Held. Der bekommt in Hollywood höchstens Kratzer ab, während namen- und familienlose Statisten reihenweise niedergemäht werden. So ist es doch. Oder etwa nicht?

Da aber irrst du dich. Ich fuhr zur Hölle, wie ich es dir berichtet habe. Dort im Innern der Erde lebte ich äonenlang. Doch dort herrscht eine andere Zeit als hier oben. Irgendetwas mag dort unten geschehen sein. Höllenintrigen und -ränkespiele? Was tat ich oder tat ich nicht? Sie erwischten mich. So starb ich dort und kehrte auf die Erdoberfläche zurück. Also lebe ich jetzt hier oben in einer von vielen, in meiner eigenen Hölle und schmore im eigenen Saft.

Und wo magst du dann sein?

Hast du es jetzt begriffen?

Ich und du, wir alle leben nicht nur nicht im Himmel und in einer natürlichen, gottlosen Welt, sondern in der – Hölle.

»Kein Gott hier oben«, sprach einst ein russischer Kosmonaut, da er ihn im Erdorbit nicht fand. Kein Gott, keine Engel, kein Himmel.

»Und keine Hölle«, sollten diejenigen hinzufügen, die sich in die Tiefen der Erde bohren, denn dort soll sie ja sein, wo das Feuer wohnt.

»Kein Gott und kein Teufel auf Erden«, meint die Naturwissenschaft, die immer tiefer in die Substanz der Dinge vordringt und feststellen muss, dass immer wieder und immer mehr Fragen offen bleiben und sich das Weltbild (wie gestern, so heute und morgen) ständig ändert. Also gibt es weder Himmel noch Hölle, sondern nur ein eiskaltes Universum mit viel Leere und winzigen leuchtenden Punkten darin – Galaxienhaufen mit zahlreichen Galaxien im »leeren« Raum, in denen es von Sternen, Planeten - und Leben - nur so wimmelt. Und ein Stern unter all den Milliarden ist unser Sonn. Und einen Planeten, der um ihn zieht, nennen wir Menschen »Erde«.

So ist es, denkst du, weil du ein Mensch der neuen Zeit bist. Das Universum ist blind. »Naturgesetze, Evolution«, das sind die Dinge, die uns schufen, formten und verlöschen lassen. »Willst du nicht mein Bruder sein, so schlag ich dir den Schädel ein«, das Leben ist Kampf, »Survival of the Fittest« heißt die Darwinsche Devise der Evolution.

So ist es nicht, meinst du, wenn du an GOTT glaubst – und an Himmel und Hölle, unten, oben, ringsherum und tief in dir. Die Guten werden erlöst. Doch wer sind die Guten? Natürlich du, wer sonst? Haha, das sagen die anderen ja auch von sich. Die Guten werden erlöst, wenn nicht hier, dann beim Jüngsten Gericht oder schon, wenn das Leben im Körper erlischt und die Seele in eine andere Welt eingeht.

Ich aber lache und weine und schreie, denn ich hoffe noch immer, dass es den Himmel gibt, doch weiß ich es nicht.

Ich aber lache und weine und schreie, denn ich weiß, dass es die Hölle gibt – Höllen in Höllen in Höllen verschachtelt, immerfort und immer wieder – in jedem Lebewesen zu allen Zeiten in allen Welten dieses einen Universums - und all der anderen Universen auch?

Meistens sind meine Augen blind, meine Ohren taub und meine Nase ist verschlossen - dann schreit nackte Schwärze in mir.

Dann aber sind da Augenblicke, blitzen sekundenlang hinter verschlossenen Lidern Bilder auf: Städte, aus Stoffen gewoben, die sind wie hellblauer Stahl und Seide zugleich, als wären sie von Spinnen gebaut, diese Städte sehe ich still dort liegen und träumen, aber auch sich bewegen, denn sie leben.

Dann ist da wieder ein strahlendes WEISS, das hinter dem schwarzen All leuchtet. Und meine Seele weint Tränen der Trauer und des Glücks zugleich. Und eine Stimme flüstert mir aus tiefstem Innern Worte des Trostes zu: »Jenseits ist WEISS – Licht im Übermaß – für die Sehenden. GOTT ist dort in SEINER reinsten Form. Schwarze Punkte sind die Universen im WEISS, also sind auch sie, ist alles eins, ist GOTT. Schreie nicht, weine nicht, lebe so gut du kannst in dieser, deiner Hölle. Sie hatte Anfang, also wird sie ein Ende haben. Verzweifle nicht darüber, dass du nur ein Mensch bist, schwach und leicht zu verführen. Nicht nur Menschen, auch Engel sind schon gefallen ...«

Doch diese Worte des Trostes halten bei all den Jahren der Verzweiflung nie lange vor. Deshalb also musste ich alles aufschreiben. Deshalb schrie ich und schreie noch immer dir all meine Taten und Träume und Visionen (ist denn da ein Unterschied?) entgegen. Nur, um mein eigenes Leid zu mindern und dein eigenes zu vergrößern? Denn meine Pein mag ansteckend sein.

Wie fühlst du dich jetzt?

Olaf Olsen, irgendwo und irgendwann

Von Olaf Olsen sind erschienen

Die Meere des Wahnsinns. Wenn sich die Grenzen verschieben. Original: 72 Seiten mit 23 Abbildungen von Dr. Rainar Nitzsche, ISBN 978-3-930304-30-1 sowie E-Book und TB.

Höllen-Fahrten-Leben-Träume. Alltäglicher und wahrer Horror auf Erden und andernorts. Original: 156 Seiten mit 51 Abbildungen. von Dr. Rainar Nitzsche, ISBN 978-3-930304-31-8 sowie E-Book und TB.

ES bricht hervor aus dir. Horrorgeschichten und -gedichte. Das dritte Buch vom „Irren" aus der P(f)alz. Original: 102 Seiten mit 42 Abbildungen von Rainar Nitzsche, ISBN 978-3-930304-49-3 sowie E-Book und TB.

Bücher von Rainar Nitzsche

Fantastische Kurzprosa

Ruf der Mondin. Lieder der Nacht. 62 Seiten, ISBN 9783980210256 sowie als E-Book erhältlich.

Im Licht der Vollen Mondin. 132 Seiten, ISBN 9783930304042 sowie als E-Book erhältlich.

Mondin-Schein und Sein. 176 Seiten, 50 handsignierte, nummerierte Exemplare, ISBN 9783930304127 sowie als E-Book erhältlich.

ATON Vater Sonn. Taggeschichten. 184 Seiten, 50 handsignierte, nummerierte Exemplare, ISBN 9783930304097 sowie als E-Book erhältlich.

Spiegelwelten deiner Seele. Spiegelgeschichten. 125 Seiten, 2. überarbeitete Auflage ISBN 9783741252006 sowie als E-Book erhältlich. 1. Auflage: 50 handsignierte, nummerierte Exemplare, ISBN 9783930304271.

Still riefen uns die Sterne. Kosmische Geschichten, 164 Seiten, 50 handsignierte, nummerierte und weitere Exemplare, ISBN 9783930304295 sowie als E-Book erhältlich.

Von Engeln, Erleuchtung und Ewigkeit. Meditative Kurzprosa. 3. überarbeitete Auflage, 149 Seiten, ISBN 9783741266621 und E-Book. Rainar Nitzsche / Harald Fuchs, 2. Auflage, 144 Seiten, ISBN 9783930304783.

Das Schlafende steht auf aus Seinen Träumen. Fantastische Kurzprosa. 204 Seiten, ISBN 9783930304776 sowie E-Book und TB.

Spinnentraumgespinste. Spinnenträume und Spinnenbegegnungen. 2. überarbeitete Auflage. 164 Seiten, ISBN 9783930304707.

Die Pfadwelten

Die fantastische Reise von Manfred, einem Magier mit der Fähigkeit sich in andere Lebewesen zu verwandeln. Sein Weg durch die Bioregionen der Erde: Suche nach seiner großen Liebe. Kampf mit einem schwarzen Wesen aus der Welt T-Her:

Der Leuchtende Pfad des Magiers. PFAD 1, 186 Seiten, handsigniert, nummeriert, limitiert auf 200 Exemplare, ISBN 9783930304035 sowie Neuauflage als Taschenbuch ISBN 9783743113763 und E-Book.

Wandlungen der Drei. PFAD 2. 194 Seiten, handsigniert, nummeriert: 50 Exemplare, ISBN 9783930304134 sowie Neuauflage als Taschenbuch ISBN 9783743196001 und E-Book.

Wüsten-Berges-Himmels-Weiten. PFAD 3, 180 Seiten, handsigniert, nummeriert, limitiert auf 50 Exemplare, ISBN 9783930304172 sowie Neuauflage als Taschenbuch ISBN 9783743159600 und E-Book.

Ins All - Im Eins. PFAD 4. 208 Seiten, handsigniert, nummeriert, limitiert auf 50 Exemplare, ISBN 9783930304141 sowie Neuauflage als Taschenbuch ISBN 9783743172883 und E-Book.

Der Schneckenkönig von Alexa E. Bach. Leben eines PFAD-Wesens. Suche eines intelligenten Schneckenwesens nach seinen Untertanen in einer menschenleeren Welt, die von Ameisenvölkern beherrscht wird. 76 Seiten, ISBN 9783842355873 und E-Book.